美猫《びびょう》の喘《あえ》ぎ　夜の飼育

一

西島由布子《にしじまゆうこ》は二年前まで全国ネットのヤマトTVの女子アナだった。寿退社で局を辞めた時に二十四歳だったから、今年、二十六歳になる。

体付きはどちらかというと細身である。中学、高校と陸上部で短距離を走っていた由布子の体に無駄な贅肉《ぜいにく》は殆《ほと》ど無く、お椀のようにこんもり盛り上がった胸も、ぷりっと上がっているお尻も、そんなに大きい方ではない。それでも、引き締まったウエストのおかげでシルエットはそれなりに肉感的だし、比較的長身で長い足は、モデルと言っても通用するくらいである。

小顔である。全体だけでなく、顔の部品の一つ一つがみんな小造りで、それが瓜実顔《うりざね》にバランスよく配置されている。ちょっと知的な感じの、品のいい端整な顔立ちである。表情は穏やかで、顔全体に気品がある。読書をしていてちょっとうつむきかげんの時などは、思わず息を呑《の》むような美しさがある。

元々、由布子が女子アナを目指したのには、地方紙の新聞記者だった父の影響があった。

幼い頃から由布子の家にはニュースが溢《あふ》れていた。毎朝家には複数の新聞が届けられ、ニュース番組や報道番組がある時間帯には、必ずその番組がテレビに映っていた。門前の小僧習わぬ経を読む、と言う。小さい頃から由布子は、時事的な情報に精通していた。何か分からない言葉を耳にすると、友達はみんな由布子に訊《き》きに来た。学校の勉強も、国語と社会は常に学年の上位に居た。

人気者だった。自分から前に出ていくタイプではなかったが、気が付くといつも友達の輪の真ん中に居た。小学校時代、由布子は男子生徒の誰もが恋い焦がれる初恋の女神だった。クラス委員の副委員長には何度も選ばれているし、高校時代には生徒会の書記を務めたこともあったが、どの場合も、人に推されて仕方無く立候補した形だった。

大学卒業の年、由布子は迷わず放送業界を選ぶ。この時、複数の会社から内定をもらったが、結局、業界最大手のヤマトＴＶに入社することにした。

社会部での本格的なアナウンサー活動を目指して入社した由布子だったが、整った顔立ちとスタイルの良さからバラエティ番組のアシスタントに回される。お茶の間での好感度は高く、若い男性の間ではアイドル・タレント並みの人気があった。その清楚な印象から、癒し系女子アナなどと呼ばれた。

だが、顔立ちが整い過ぎていて女性アイドルの受けが悪く、結局バラエティから外される。

由布子はそれほどの美人だった。

バラエティ番組を降板してから、由布子はスポーツ担当になった。プロ野球チームやプロサッカーチーム、相撲部屋などを回って取材していく。美貌の女子アナ西島由布子にマイクを向けられたスポーツ選手たちはみな、鼻の下を伸ばしながら、他局のインタビューよりも多くの情報をしゃべらされてしまうのだった。

当然、由布子に言い寄る選手も多い。そんな中で、最後に由布子を射止めたのはＪ２リーグ・チーム、東京ロプロスのミッドフィルダー、柏原昭彦だった。人気絶頂のまま、西島由布子は結婚退社し、柏原《かしわばら》由布子になった。

結婚するに際して、柏原選手は新興の高級住宅街にある億ションの一室を購入した。その贅沢な新居でこの二年、由布子は優雅な新婚生活を満喫していた。

これまでの由布子の人生に、これと言った屈折は無い。この日の朝まで由布子は、自分を見舞う不幸な運命のことなど、想像だにしていなかった。


ピピピピ、ピピピピ。

枕元で目覚ましが鳴る。由布子は寝ぼけまなこでそれを止め、眠そうに身を起こす。

外はまだ薄暗い。だが、早朝のジョギングは、ここ何年来の由布子の習慣だった。

スタイル維持のためでもある。キャンプだ、遠征だといつも留守がちな夫と二人で暮らしている退屈を紛らわすためでもある。

だが何より、由布子は走るのが好きなのだった。走った後の爽快な気分が、由布子の何よりの楽しみだった。

今日も夫は、家に居ない。目覚まし代わりのハーブ・ティーを淹《い》れながら、由布子はテレビを点《つ》けた。

毎朝お馴染みの、早朝情報番組が始まっている。由布子の昔の同僚たちが画面に映し出される。

届いたばかりの朝刊に目を通しながら、耳はテレビのニュースを聞いている。交通情報や天気予報、最新のニュースなどが次々に伝えられてゆく。

「次のニュースです。昨日深夜、銀星会幹部の家に拳銃の弾丸が打ち込まれるという事件が起こりました。このところ、銀星会と中野組の抗争はますます激化しており、今回の事件も中野組組員の犯行の可能性があると見て、警察では詳しい事情を調べています」

そして、襲撃された幹部の家の映像が映し出された。警察の鑑識班が辺りで何やら作業をしている。

このところ、銀星会と中野組の抗争事件は毎日のように起こっている。銀星会の杯を中野組が拒んだのがそもそものきっかけだった。ひと月ほど前、銀星会の幹部が中野組のヒットマンに撃たれて死亡して以来、抗争はますます激化してきている。双方ともに、すでに何人か死者が出ていた。

由布子はそのニュースを聞き流した。銀星会と中野組の抗争は確かに大きな問題だが、元報道関係者の感覚で言うと、既に鮮度の落ちたニュースだった。死傷者が出たのであれば別だが、発砲だけではそれほど注意を払う内容でもない。

由布子はまだ知らないのだ。一時間も経《た》たないうちに、自分がこの事件の渦中に巻き込まれていくことを。そしてその結果、淫《みだ》らな淫蕩《いんとう》地獄の奈落に突き落とされてしまうことを。

番組のスタッフの感覚も、由布子と同じだったのだろう。ニュースはほんの数秒で終わり、次の話題に移っていった。

新聞を読み終えた由布子はううんっ、と伸びをして、立ち上がる。そして、ジョギング用のジャージに着替えるために、パジャマを脱ぎ始めた。由布子のほっそりとした裸体が現れてくる。朝の光にうっすらと照らされた白い体は、まるで生まれたてのビーナスのようだ。

寝る時由布子は、締め付けられる感覚を嫌ってノーブラで眠る。今も、そのいかにも育ちの良さそうな小振りの乳房を剝《む》き出しにしたままで立っている。由布子は先《ま》ず、その乳房をブラジャーで隠した。続いて、ほとんど贅肉の付いていないほっそりとした腰をジャージのズボンで覆い、真珠の肌を上着で隠す。

裸体の由布子も美しいが、ジャージの上下を着込んだ由布子は、まるで少年のように初々しかった。

最後に、上から寒さしのぎのアノラックを着込む。カップの残ったハーブ・ティーをもう一口飲んで、由布子はドアを開けて出て行った。


由布子の部屋はマンションの七階にある。ゆったりした造りのエレベーター・ホールには、簡単な来客の応対を済ますことのできる大きさのロビーが各階に備え付けてある。そこから、オフィス・ビル並みの大型のエレベーターに乗って一階に下りると、そこも広めのロビー付きの玄関ホールになっている。

マンションの玄関を出てから道路までの敷石道の両側は、ちょっとした公園になっていた。道路とマンションに挟まれた細長い敷地に、散歩道だの、花壇だのが配置されている。その公園の間を通り過ぎて、由布子はマンションの前の歩道に立った。

マンションの周りには、広い敷地に凝った造りの一戸建てがずらりと並んでいる。左手の地下駐車場専用通路から車が一台出てくると、由布子の前の道を走り去っていった。その車をやり過ごすと、由布子は軽く伸びをして、大きな深呼吸をした。そして柔軟体操などの軽い準備運動をして、その場で二歩三歩、軽く足踏みをした後、由布子は走り出した。

早朝の清々《すがすが》しい空気が町を包んでいる。ここかしこから聞こえてくる雀の鳴き声は、この町の中にたとえ細々《ほそぼそ》とであっても、まだ自然が残されているなによりの証拠だ。

新興の高級住宅街として人気の高いこのベッドタウンも、さすがにこの時間だと人通りも少ない。たまに、牛乳屋のトラックや、新聞配達のバイクが遠慮がちに通り過ぎていくが、すぐにまた町はひっそりとした静けさを取り戻していく。この町の住人たちが活動し始めて、あちこちの家々で朝食の匂いがしてくるのは、まだ一時間から二時間ほど後のことだ。

由布子は軽快に走っていく。軽やかなステップとしっかりした走行フォームは、今も陸上選手そのものだった。太腿《ふともも》を高く上げて大股のストロークで走る姿は、文字通りカモシカのようだ。

フッ、フッ、ハッ、ハッ。

足の動きに合わせて、リズミカルに呼吸をしていく。微《かす》かに汗を滲《にじ》ませながら、由布子は早朝の街並みを駆け抜けていく。そのスピードは、かなりのものだ。

いつものジョギング・コースに従って、角を曲がる。そこから先は少し上りの傾斜が掛かっている道なのだが、由布子のペースはほとんど変わらない。

由布子が事件に遭遇するのは、この上り勾配が終わって、次の角を曲がったところの屋敷の前だ。

そして由布子は、その場所に差しかかった。

家の玄関先で、年老いた庭師が庭の手入れをしている。こんな朝早くから庭の手入れとは奇妙だが、この老庭師は日の出とともに働き始めて日没とともに就寝するタイプで、予《あらかじ》め約束のあった家には家人に断ること無くさっさと仕事を始めてしまうのである。腕は確かだったし、人柄もよく、この町の名物庭師であった。

家の前を通り過ぎる時、由布子は庭師に笑いかけた。

「おじいさん、おはようございます」

「ああ、おはようござんす。ご精が出ますな」

由布子の挨拶に愛想良く返事をすると、庭師は植木の裏側へと回り込んでいった。由布子は、あっという間にその家の前を通り過ぎていく。

向かい側から一台の車が走ってきた。人通りの無い時間帯とはいえ、車はかなりのスピードを出していた。

車が通り過ぎるやいなや、由布子の後ろで、たん、たん、という音がした。人の呻《うめ》き声がそれに続く。驚いて由布子が振り返ると、車はあっという間に道の角を曲がっていった。

「おじいさん！」

由布子は駆け戻り、さっきの家の庭に飛び込んでいき、庭師の姿を捜す。

「あっ！」

青くなって、立ち尽くした。玄関のドアに、何発かの銃弾の痕《あと》がある。そのドアの傍《かたわ》らに、胸を撃たれた老人が横たわり、断末魔の呻きを上げている。

由布子はしばらく、呆然《ぼうぜん》と立ち尽くしていたが、はっと我に返って、慌ててポケットから携帯電話を取り出した。

「もしもし？　警察ですか？　大変です、発砲事件なんです。庭師のおじいさんが、巻き込まれて……」

その時、由布子の背後に猛烈なスピードで車が走り込んできて、急ブレーキで止まった。それは、先ほど通り過ぎていったのと同じ車だった。

由布子の顔が、恐怖に引き攣《つ》る。電話の向こうから警察が何か問い掛けてくる声が聞こえてくるのだが、由布子は凍り付いたように立ち尽くすばかりだった。

車の中から、ばらばらと数人の男が飛び出してくる。どの男も、見るからにやくざ者という出《い》で立ちだった。由布子の額に銃口が当てられ、首筋に日本刀が当てられる。

「お、お願い、殺さないで」

「死にたくねえなら騒ぐんじゃねえぞ。来い」

「どこに、どこに行くの？」

「いいから、乗れ」

「お願い、今見たことは、誰にも言いません。だから、もう許して。離して」

「気の毒だとは思うがな。運が悪かったと諦《あきら》めるんだな。さあ、早く乗れ」

「お願い。本当に、本当に誰にも言いませんから、だから」

額に当てられた銃のシリンダーががちゃりと音を立て、半分回った。由布子は言葉を失い、目だけで銃を持つ男を見詰める。

「大人《おとな》しく随《つ》いてくるか、ここで死ぬかのどちらかだ。選べ」

「いきます。大人しく随いていきます。だから……」

「乗れ」

男たちに押されて、由布子は車に乗り込んだ。車は急発進をして、あっという間に走り去った。まるで何事も無かったかのような静寂が町を包む。銃で撃たれた老庭師の体は、もう動かなくなっていた。

二

由布子が連れて来られたのは、ヤクザの組事務所だった。入り口の所に、鮫島組の看板が掛けてあった。

（鮫島組）

その名前には由布子も聞き覚えがある。鮫島組は銀星会の傘下にある暴力団である。組長の鮫島達也は、確か銀星会の若頭だったはずだ。

由布子の頭の中に、今朝聞いたニュースが浮かんでくる。しっかり聞いてはいなかったので確信は持てないが、昨夜襲撃された銀星会幹部というのは、確かこの鮫島のことではなかったか？　そんな苗字を耳にしたような気がする。

とすれば、今朝由布子が目撃した発砲事件は、昨夜の報復ということになる。さっき銃弾を撃ち込まれた家は、誰か中野組の幹部の家だったのだ。報復に銃弾を撃ち込みに来たのだが、植木の陰になっていた老人に気付かなかった。銃弾は老人を直撃し、老人は死んだ。どうやら、そういうことらしい。

事情が呑み込めてくるに連れて、由布子の恐怖感はますます募っていく。

やくざ同士の抗争で死人が出ても、警察はそんなに厳しく追及しない。だが、一般市民が巻き添えになったとなると話は別だ。下手をすると、これがきっかけで銀星会に対する頂上作戦が始まる可能性もある。そうなれば、銀星会は相当なダメージを受ける。男たちが慌てて目撃者である由布子を拉致したのは、そういうことなのだ。

殺される、と思った。


「そら、さっさと入れ！」

ドアの中に押し込まれ、ソファーの上に投げ出される。その場に居た男たちが、由布子の周りを取り囲む。ざっと見ても、かなりの人数である。由布子は恐怖のあまり、しくしくと泣き出した。

(あなた。お願い、助けに来て)

心の中でそう祈るが、夫の昭彦が今居る場所を突き止める可能性は、限り無くゼロに近い。夫の助けは全く当てにできなかった。

ばたんと大きな音を立ててドアが開く。入ってきた男たちの中心に居るのは、銀星会若頭、鮫島だった。鮫島は女を囲んでいる男たちのところに寄ってくると、そのリーダー格の男の頰《ほお》をいきなり平手打ちにした。

「馬鹿野郎！　なにをやってやがる！」

「も、申し訳ありません」

「こんなへまをやらかさねえために、お前に任せたんじゃねえか！」

「本当に、申し訳ありません」

「申し訳ありませんじゃねえ！　一体この落とし前を、どう付けるつもりなんだ！」

その時、鮫島と一緒に入ってきた組員の一人が、鮫島の袖を引いた。

「組長」

「うるせえ！　何だ！」

「この女、西島由布子ですぜ」

「西島由布子？　誰だ、そいつは？」

「ほら、二年くらい前にJリーグ東京ロプロスの、柏原選手と結婚した、女子アナですよ」

「東京ロプロスの柏原？　ああ、そう言やあ、どこかの局のアナウンサーと結婚したって話だったたな。これが、その女なのか？」

「間違いねえです」

由布子は青くなった。自分の正体がばれてしまった。被害は自分だけではない、夫にまで及びそうな雲行きだ。由布子はますます、震えを止めることができなくなった。

由布子に気付いた組員は相当な女子アナ通のようで、現役時代に由布子の担当していた番組名、女子アナ人気ランキングでトップになったこともあること、柏原選手と結婚するまでに交際を噂されたスポーツ選手や芸能人の名前まで、こと細かに鮫島に説明していた。

由布子はそれを、不安げに聞いていた。

「そうか。この女はそんなに有名なのか」

「へえ。女子アナマニアで、西島由布子のことを知らねえ人間は居ません」

「そんな有名人が突然失踪したり、変死体で発見されたりしたら、大騒ぎになるだろうな」

「そりゃあもう、えらい騒ぎになると思います」

鮫島は腹立たしげに、リーダー格の男の膝《ひざ》小僧を蹴り上げた。男はぎゃっという悲鳴を上げて、その場に蹲《うずくま》った。

「馬鹿野郎！　手前ぇはどこまでドジなんだ！」

「す、すみません」

「証拠隠しどころじゃあねえ。この女をさらってきて、ますます面倒な話になっちまってるじゃねえか！」

「すみません」

「おい、安」

由布子についてやけに詳しい、安という名の小者に鮫島は話しかけた。

「この女は、亭主と二人で住んでいるのか」

「へえ、そのはずで」

「朝飯時になってもいつまでも女房が戻ってこないとなりゃあ、そろそろ、亭主が騒ぎ出す頃合いだな」

「柏原は、今日、居ません」

由布子が話に割って入ってくる。鮫島は怪訝《けげん》そうに、由布子に目を向ける。

「居ない？」

「今、海外遠征中なんです。今日の夕方まで、柏原は戻ってきません」

「そうか。すると、あんたが居なくなったことに、旦那はまだ気付いていないということだな？」

由布子がこくんと、頭を縦に振る。

「つまり、夕方までにあんたを無事に帰せば、騒ぎにならずに済むということだ」

由布子が再び、頭を縦に振る。鮫島は口元だけで笑った。

「さすがにエリートだ。奥さん、頭がいいな。交渉の勘所をわきまえている」

そして、隣の小者に耳打ちをする。小者は由布子を、後ろ手に縛り始めた。

「な、何をするの？　やめて、やめて下さい！」

「あんたを帰してやろう。あんたのご亭主が家に戻る時間までにな」

「だったら、だったらなぜこんなことをするんです？　やめて、縛らないで！」

「帰してやるのは帰してやるがな、今日見たことを人に話されると困るんだ」

「しゃべりませんから。私、絶対にしゃべりませんから」

「あいにく、口約束を鵜呑《うの》みにするほど素直な質《たち》じゃあねえんだ、俺は」

「本当に、誰にもしゃべりません。お願い、信じて」

「心配するな。ちょっと約束手形を置いていってもらうだけだ」

「約束、手形って？」

「あんたを裸に剝いて犯す。その一部始終をビデオに撮らせてもらう。もし今回の件が露見した時は、そのビデオも世間に出回るって寸法さ」

「い、いやあ！」

由布子は、絶叫した。目からぼろぼろと涙が溢れ出てくる。

「心配するな。俺や、ここに居る無骨な奴らが相手じゃあねえ。うちにゃあ、女扱いのプロが居るんだ。覚悟しときな。あんたのファンが目を回すくらい、いやらしいビデオを撮らせてもらうぜ」

「しゅ、主人が居るんです。私には、主人が」

鮫島は苦笑する。

「知ってるよ」

「だったら、だったらお願い」

「気の毒にな、奥さん。ご主人にも言えない秘密ができちまうな」

そして鮫島は携帯で誰かに連絡を取り始めた。面倒なことになったとか、急いで来てくれとかいう言葉が、切れ切れに聞こえてくる。どうやら相手は、鮫島が言うところのプロらしい。

話が済むと、携帯をポケットに仕舞いながら、鮫島は手下に命令した。

「先ず、今の写真を撮っておけ」

「へい！」

手下の一人が、後ろ手に縛られた由布子を撮影する。由布子は反射的に顔を背ける。

「馬鹿野郎！　顔を隠すんじゃねえ！」

子分の一人が、由布子の髪を摑《つか》んで顔を上に向けさせる。思わずあっと悲鳴を上げたところを、また、撮られる。

「地下室に放り込んでおけ」

「へい!」

「源次が来るまで、逃がさないように見張っておくんだ。いいな」

そう言い残して、鮫島は出て行った。おそらく今度は、庭師を殺してしまった事件の方を処置しにいくのだろう。

黴臭《かびくさ》い地下倉庫の隅で、由布子は身を縮めて震えている。両手両脚を拘束され、身動きもままならない姿で、由布子はしくしくと啜《すす》り泣いていた。
二、三人のヤクザ者たちが、撮影用のスペースを空《あ》けるために、床に散らばったこまごまとしたものを隅に寄せていく。一人離れた男は三脚を立てて、ビデオ・カメラのセッティングをしている。
コンクリートの打ちっ放しの床に、煎餅《せんべい》布団が敷かれる。そこで自分が犯されるのだと思うと、由布子は目を逸《そ》らさずにはいられない。

「おい、なにをしているんだ。早くしろよ」

「え? ああ」

「なにをぼんやりしていたんだ」

「いや、いい女だなあと思ってさ」

男の言葉に、その場に居た全員の目が一斉に由布子に向けられる。由布子はさらに小さく身を縮めて、悲しげに目を伏せる。

男たちの視線が、舐《な》めるように由布子の体の上を行き来する。特に顔の辺り、それから、盛り上がった胸の辺り、脚の付け根の辺りに視線が集中していることが、気配で分かる。

「いい、女だな」

別の男が同じ言葉を口にした。

「当たり前だ。アイドル女子アナだぜ。こんなことが無ければ、会う機会だってあるものか」

「芸能人なんだよな」

「まあ、芸能人みたいなもんだな」

「や、犯《や》っても、いいかな？」

一人の言葉に、男たちは複雑な表情でお互いを窺《うかが》い合う。

「それはまずいだろう。若頭の許可も無いのに」

「どうせ、源次兄いが犯っちまうんだ。同じことだろ？」

「お、俺、キスだけでいいや。せめて記念に、キスくらいいいよな？」

「……そうだな、キスくらいなら」

「あと、ちょっと体を撫《な》でるくらいなら」

「構わないよな」

男たちの目付きに危険な色が宿る。自分を遠巻きにして囲む男たちに、由布子の恐怖は頂点に達していた。

「やめて、お願い。お願いだから、触らないで」

由布子の口にした、触るという言葉が男たちのスイッチを入れた。みんなで一斉に、由布子の上に圧《の》し掛かってきた。由布子の口から、甲高《かんだか》い悲鳴が上がる。

「いや、いやあ！」

上から下から、男たちの手が由布子のジャージの中に突っ込まれる。乳房を、お尻を、そして一番大切な場所を、ごつごつした手が揉《も》みしだく。唇を唇で塞《ふさ》がれ、舌を割り込まれそうになるのを、歯を食いしばって必死で防ぐ。

「ぐうっ」

由布子が呻く。感じているのではない。恐怖の余り、胃液が逆流してきたのだ。だが、それを吐き出してしまえばその後何をされるか分からない。由布子は必死でそれを呑み込んだ。胃液で喉が焼けて咽《むせ》そうになる。由布子はそれも我慢した。

（お願い、早く終わって）

もう、何をされてもよかった。とにかく、この恐怖から早く解放されたい。由布子は全身を固くしながら、嵐の過ぎ去るのをひたすら待っていた。

がたんっ、と音がしてドアが開いた。由布子に群がっていた男たちの表情が凍り付き、一斉に音のする方を向く。

開いたドアのところに、男が立っていた。逆光で顔は見えない。ただ、光に透けて見える男の肉体は、黒豹のように引き締まっていた。

「げ、源次兄い」

「そこで何をしているんだ」

男に問い掛けられて、小者たちは口籠《くちごも》る。

「それは俺の仕事だ。違うか？」

「す、すみません」

男がゆっくりと近付いてくると、小者たちは潮が引いていくように後退《あとずさ》り、道を空ける。

男は、そんな下っ端の様子を、冷ややかに見詰めている。

「若頭には黙っておいてやる。出て行け」

「へ、へい」

男たちは我先に、部屋から飛び出していく。残っているのは由布子と、源次兄いと呼ばれる男の二人だけになった。

由布子はまださっきのショックから立ち直ることができずに、パニック状態に陥っていた。顔を涙でぐしょぐしょにしながら、声を上げて泣き続けている。

その姿はあられもない。ジャージの上着のファスナーは引き下ろされ、ブラジャーが覗《のぞ》いている。ズボンはパンティと一緒に引き下ろされ、お尻の上の方が剝き出しになっている。

泣きじゃくりながらも、由布子は源次という名の男を見詰める。

源次は漁師のように浅黒く、日焼けをしていた。全身の筋肉の強靭《きょうじん》な印象も漁師を思わせた。この筋肉質の中年男が、次の瞬間には飛び掛かってきて自分を犯すのだと思うと、由布子はこの引き締まった体に身震いするような恐れを抱《いだ》いた。

源次は部屋の隅の椅子に座ると、煙草に火を点けた。その落ち着き払った様子から、これから由布子にすることは男にとって手慣れた仕事の一つに過ぎないことが分かる。さっきの男たちのようにぎらぎらした性欲を発散している訳でもなければ、興奮している様子さえも見せない。あまりの静けさに、由布子の方が拍子抜けしてしまいそうだった。

「災難だったね、奥さん」

由布子は答えない。由布子の全身に、男に対する警戒心が募っている。

「これだけは信じてほしいんだが、さっきあんたと話をした若頭は、ああ見えてなかなか信義に篤《あつ》い男だ。奥さんの方から裏切らない限りは、これから撮影するビデオが世間に出回ることは無い」

「私のことも、信じて下さい」

由布子が口を挟む。

「私は本当に、誰にもしゃべりません。絶対に、誰にもしゃべりませんから。お願い、このまま帰して下さい」

「悪いが、諦めてもらうしかないな」

由布子の言葉を、源次が遮る。冷ややかに獲物を観察する視線の冷たさに、由布子は一段と小さく、身を縮める。

「奥さん、年は幾つだい」

「二十、六です」

「二十六か。まだ若いな。だが、それなりに、色々な体験はしてきているはずだ。そうだろ？」

由布子は、答えない。

「だったら、こんなことは些《さ》細《さい》なことだ。犬に噛《か》まれたと思って忘れちまうんだ」

そして源次は立ち上がり、服を脱ぎ始めた。由布子は後退り、出来るだけ源次から遠くに離れようと藻掻《もが》く。

「さっさと済ませよう。いやなことは早く済ませちまった方がいい。奥さんも、早く家に帰りたいだろ？」

上半身裸になってズボンを脱ぎ捨てると、男は褌《ふんどし》一丁の裸だった。服で隠れていた素肌も真っ黒に日焼けしている。贅肉一つ無い均整の取れた裸体を晒《さら》すと、源次の年はぐっと若返って見えた。

「あっ！」

後ろから抱えられて、前に押し出される。由布子はそのまま、カメラの前に敷かれた布団の上に投げ出された。

「やめて下さい。お願い、やめて」

由布子は蚊の鳴くような声で抗議した。もちろん、その程度の抵抗で源次が仕事を中断する訳もない。

足元に伸びているスイッチを、源次が押す。三脚の上のビデオ・カメラの小さなランプが灯《とも》り、ウイーンとカセットが回る音がし始めた。

「あっ！」

　後ろから、源次が由布子を抱き締める。文字通り、息が詰まるような力強い抱擁だった。盛り上がった胸の筋肉が、六つに割れた腹筋が、由布子の背中に押し付けられる。鉄のように固い筋肉で覆われた両脚は胡座《あぐら》を組んで由布子のお尻をすっぽり包んでいるし、閂《かんぬき》のように太い腕は由布子の右の脇腹から左の肩口にかけてをぐぐっと強く締める。

　そしてもう一方の手で、源次は由布子の顎《あご》を掴み、無理矢理カメラの方に向けさせた。

「ごめんなさい。ああ、本当にもう、許して」

「先ず、名前を聞こうか」

　これは、由布子に言っているのではない。ビデオに記録するための質問だ。由布子は答えようとしない。

　源次が耳元で、小声で囁《ささや》く。

「答えるんだよ、奥さん」

「言えない、言えません」

　由布子も、小声で答える。

「言えない？　なぜ？」

「主人に、主人に迷惑が掛かります。お願い、名前を言うのは堪忍して」

　源次が冷ややかに笑う。

「かわいいな、奥さん。名前を言わなければご主人に累が及ばないと思っているのか」

「そ、そんな」

「あんた今、後悔しているんだろ？　あんなところを通らなければよかった。そもそも、朝のジョギングなんて始めなかったらよかったってな」

由布子の頭が、素直に縦に揺れる。それはまさに、さっきから何度も由布子の頭の中で繰り返されている後悔だった。

「今、名前を言わなければ、あんたはもっと後悔することになる」

「な、なにをするというんです？」

「なにをして欲しい？　あんたのご主人が、二度とサッカーができないようにしてやろうか？　それとも夫婦仲良く、東京湾に沈めてやろうか？」

「そ、そんな……」

源次の声が再び大きくなった。

「奥さん、名前は？」

「に、西島由布子、です」

「三年前までヤマトTVでアナウンサーをしていた、西島由布子さんだね？」

「は、はい」

源次の指が、由布子の襟元から中に侵入してくる。指先で乳首に触れられて、由布子の体がびくっと震える。

源次のタッチは、外見から想像できないほどソフトなものだった。幾ら心で抵抗しても体が応えてしまうような、そんな淫らな触れ方だった。

「西島というのは旧姓だな。今の名前を言ってもらおうか」

「あ、あの、その手を、その手を離して下さい」

「言うんだよ、奥さん」

「お願い、触らないで」

源次の声が再び、囁くように小さくなる。

「ご主人に迷惑を掛けたくないんだろ？」

由布子は、息を呑む。

「か、柏原、由布子です」

「柏原というと、あんたのご主人というのは、東京ロプロスのあの柏原選手なんだな？」

「は、はい」

源次の視線が、ビデオ・カメラの方に向く。

「お聞きの通り、このご婦人はサッカーの柏原選手の奥方です」

カメラに向かって確認する源次の声を聞きながら、由布子は唇を嚙み締めて恥辱に耐える。

「それでは今から、ヤマトTVの元人気女子アナ、東京ロプロスの柏原選手の奥さんの美しい裸体をご覧いただきましょう」

胸元に突っ込んでいた手をすっと抜くと、源次は由布子のジャージの上着のファスナーを一気に下ろした。

「ああっ！　いやっ！」

由布子はなんとかカメラから自分の肌を隠そうとするが、源次がそれを許さない。ブラジャーを上に跳ね上げると、小振りながらも張りのある、由布子の乳房がぷるんと飛び出してきた。

「い、いやっ！　いやあっ！」

身悶《みもだ》えする由布子の耳元で、源次が囁く。

「綺麗なおっぱいだね、奥さん。ご主人に独り占めさせておくのがもったいないくらいだ」

「は、恥ずかしい。恥ずかしい」

「何が恥ずかしいものか。こんなに綺麗なお乳をしているのに」

源次の両手が、由布子の乳房に伸びる。触れるか触れないかの感触で、手の平のくぼみを使って由布子の乳首を転がす。もどかしいような微かな刺激に、由布子は身を固くして耐えている。

「あっ！」

源次の手が、ジャージの上着をブラジャーの紐ごと、さっと左右に引き下ろした。由布子のほっそりとした両肩が剝き出しになる。乳房が露《あら》わにされた瞬間も狼狽《うろた》えたが、両肩を剝かれると、自分が裸にされていくんだという意識が一段と高まる。由布子は身悶えして源次の腕から逃げようとするが、源次はそれを許さない。

「さあ、それじゃ奥さん。奥さんの体のどこがどう感じるか、調べさせてもらうよ」

由布子の顎を摑んでいる手が、再び上に引き上げられる。由布子の喉が、カメラの前に曝け出される。

そして源次は、由布子の耳を唇で塞いだ。

「うっ！」

由布子の耳の穴の中に、熱い息が吹き込まれる。由布子の下半身の奥が、ずんっと重くなる。

（め、目を閉じては、いけない）

気持ちよい刺激に身を任せたくなるのを抑えて、由布子は逆に目を大きく見開いた。そうやって、官能に身を任せようとする自分に必死で耐えている。

源次の舌が、由布子の耳のあちこちを撫でる。同時に熱い息も吹き続けている。由布子は必死で首を伸ばして源次の攻撃から逃げようとするのだが、源次の唇は執拗に由布子を追い掛けてくる。

「この辺が、好《い》いみたいだな」

源次がどこかをぺろりと舐める。ああっと叫んで由布子は身悶えた。本当にそこは、体が震えるほど感じる。

「さて、反対の耳はどうかな」

「もう、もうやめて下さい。お願い、やめて」

だが、構わず、源次は反対の耳を唇で塞ぐ。由布子の体に、またいきみが入った。

由布子の息が、次第に乱れてくる。慎ましやかな、恥ずかしそうな小さな喘《あえ》ぎ声も、時々混じる。耳の刺激に、由布子の体は反応し始めていた。

「さて、それでは、さっきの場所を試してみようか」

「ううう っ！」

源次の見つけた性感帯は、反対の耳でも強烈だった。由布子の体がぶるぶるっと震えた。思わず声を上げそうになる。由布子は歯を食いしばってその声を呑み込み、目をさらに一層大きく見開いて、官能に流されそうになる自分を支えた。

「反対の耳も感じるようだな。首筋は、どうかな」

「んっ！」

耳から外れた源次の舌先が、由布子の首筋を這《は》う。耳の中の感触も強烈だったが、首筋の感触も震えがくるほど凄い。源次という男にかかると、体中が由布子のウィークポイントになってしまう。

こんな感じで、これから全身を刺激されていくのだと思うと、由布子は気が遠くなってしまいそうだった。

だが、由布子の反応に源次は満足していないらしい。ゆっくりと、いやらしく、何度も首筋を行き来しながら、さらに強く反応する場所を探している。頭を後ろに反らせた状態で固定されている由布子の首は長く伸びたままである。その伸びた首筋をゆっくり刺激し続ける源次の愛撫《あいぶ》に、由布子はうっ、ううっと声を上げながら必死に耐えている。

「目を閉じないんだな、奥さん」

源次が由布子に、声を掛けてくる。由布子は微かに、目を逸らす。

「ご亭主に操《みさお》を立てて、感じないようにがんばっている訳だ」

由布子は、答えない。源次の目が、冷たく笑う。

「そういうことをされると、燃えるな」

そして源次は、由布子の乳房を鷲摑《わしづか》みにする。

「あぁっ!」

声が、洩《も》れた。突然の強烈な刺激に、思わず由布子も目を閉じてしまいそうになる。辛《かろ》うじて持ちこたえた由布子の耳元に、源次がまた息を吹き掛ける。これも由布子は、必死で耐えた。

強く揉んだり、やんわりと撫でたり、乳首を摘《つま》んだり、押し込んだり、また、指先で転がしたり、源次の乳房攻撃は延々と続いた。

舌先が、肩に移動している。新たな刺激に、また由布子の体が震える。くすぐったいような切ないような感触に、体の力が抜けそうになる。その感触にも、由布子は必死で耐えた。

乳房を責める指の動きが変わる。爪先《つめさき》を少し乳首に引っ掛けるようにして、左右交互にびん、びんと弾《はじ》く。一動作ごとに、由布子の体はびくっびくっと反応する。息もだんだん荒くなってくるのは、どうしようもないことだった。

「奥さん、乳首が固くなってきたぜ」

「はあっ、はあっ、くっ!」

「よその男に胸を弄《いじ》られて、こんな風に乳首を勃《た》ててしまってることを知ったら、ご主人はどう思うかな」

「はあっ、あっ、はあっ」

「どうだい、奥さん。ご主人は、焼き餅焼きじゃないのかい。それとも、こういうことには寛大な方かな？」

「お、お願いします」

「ん？　なんだい？」

「いっそ、いっそ一思いに……」

源次が笑う。

「嫌なことはさっさと済ませろってことかい？」

「そ、そういうことではなくて……」

「そうはいかないんだよ」

そして由布子の耳元で囁く。

「奥さんがもっと乱れるところを見ないとね、あんたが髪を振り乱して狂い泣く様《さま》を見なければ、俺は満足できないのさ」

由布子の顔がくしゃくしゃっと歪《ゆが》む。相変わらず開きっぱなしの瞳から、ぼろぼろと大粒の涙がこぼれ出した。

「どうして、どうしてそんなに私を虐《いじ》めるんです」

源次は答えない。ただ、黙々と乳房を揉み続けている。由布子は声を押し殺すように唇を噛み締める。

「もう、覚悟は決めましたから、さっさと済ませて下さい」

「そうはいかないんだよ」

「一体私に、なにを期待してるんですか！」

由布子は大きな声で叫んだ。

「好きでもない男に体を触られて、私が喜ぶとでもいうんですか！　馬鹿にしないで下さい！」

「そう、好きでもない男に触られて、奥さんは、悦び悶えるんだ」

由布子はきっと頭を振って、源次から顔を背けた。それは大人しい由布子の、精一杯の抗議の姿勢だった。

「奥さん、俺はね。毎日、見ず知らずの女たちの相手をしているんだ。プロなんだよ。好きでもない男に体を開かせるプロなんだ」

「あああっ！」

源次は、由布子の乳首を思い切り抓《つね》り上げた。脳天を突き抜けるような痛みが全身を走る。だが同時に、その痛みは全身を甘く痺《しび》れさせる快感でもあった。由布子の瞳が一段と大きく見開かれたのは、目を閉じてこの甘美な快感に身を委《ゆだ》ねてしまいたい衝動と必死に闘っている証拠だった。

「覚悟しておきなよ、奥さん。俺はあんたも、落とす。亭主のことなど、頭から吹っ飛んでしまうくらい、あんたをめろめろにしてやるよ」

由布子の上着をさらにぐっと引き下ろす。由布子は体をくの字に曲げて裸体を隠そうとするのだが、源次はそれを許さない。由布子の両肩を持って、カメラの方にぐっと押し出す。形のいい乳房、腹筋の割れ目が透けて見えるお腹《なか》がカメラの前に曝け出される。

「ううううんっ！」

由布子が、呻く。源次の唇が、背骨を下から上へゆっくり、なぞり始めたのだ。由布子の腰が、くくっ、くくっと後ろに引ける。

「奥さん、背中も敏感らしいな」

「ううっ、い、いや」

「敏感な割りに、あまり開発されていない。ご主人はどうやら、奥さんの背中にあまり興味が無いらしい」

由布子はくっと身を固くする。源次の言葉は事実だった。夫の指が背中のポイントに触れたとたん、由布子は身震いするほどに感じるのに、夫の愛撫はすぐに乳房や股間に移ってしまう。お願い、もう許してと哀願するほどに、背中を徹底的に責めてほしいと願ったことは何度もあるが、それを口にしたことは無い。

由布子の心の奥の、そんな淫らな願望を、源次に見抜かれてしまった。それも、いとも簡単に。

（本当に、プロなんだわ）

こうしてこの男は、夫も知らない由布子の体の弱いところを次々に見つけ出して、責め立てていくのだろうか。もしそうだとすると、本当に持ちこたえられないかもしれない。カメラの前で、とんでもない醜態を曝してしまうかもしれない。

「それなら、背中をゆっくり責めてやることにしよう」

「駄目、駄目です」

「背中が気持ちいいんだろう？」

「お願い、やめて下さい」

「ほら、ここが」

「あああっ！」

思いもかけない場所を源次の指がなぞる。その瞬間、由布子の背骨に電気が走って、全身がぐうっと反り返る。

「ものすごく気持ちいいんだろう？」

「やめて。本当に、やめて」

「それと、ここだな」

「あっ！　あああっ」

次に押さえられた場所も、強烈に感じる。由布子は、自分の背中にこれほど感じやすい場所があることに驚いていた。しかも源次は、その場所ごとに、軽く撫でたり、軽く指を立てたり、ぐっと強く圧迫したり、愛撫の仕方を変えてくる。その愛撫の一つ一つが、実に的確に由布子の官能のツボにはまっていく。

しかも、一箇所刺激されるごとに、由布子の背中全体が敏感になっていくのだった。同じ場所を同じように触られても、二度目は一度目の倍、感じる。三度目は二度目の三倍の快感が走る。背中を撫でられているだけで、由布子は昂奮のあまり何度も気が遠くなりそうになっていた。

「さて、それじゃ、そろそろ本格的に責めてみようかな」

「そ、そんな……」

散々由布子を翻弄した、今までの愛撫はまだ本格的なものではなかったというのか。それでは、本格的に責められたら、自分はどうなってしまうのだろうか。

源次が由布子の腕の縄を解《と》く。そして、ジャージやブラジャーなどを由布子の腕から抜き取っていく。

「やめてえ。やめて、お願い」

腕が自由になった今が、抵抗のチャンスだった。だが、すでに由布子の腕は萎《な》えて、力が入らない。突っ張る腕は源次の体を撫でているだけだし、源次に摑まれると、簡単に払い除《の》けられてしまう。

由布子は上半身裸に剝かれた。剝かれた裸をビデオで撮影される恥ずかしさは筆舌に尽くしがたい。胸の前で両手を固く組みながら、由布子は今にも気を失ってしまいそうな風情でいる。

その両手を、源次が後ろ手に捩《ねじ》る。

「あっ、駄目」

抵抗しようとするが、由布子の太腿ほどもある源次の腕の力に逆らえる道理が無い。由布子の両腕は後ろ手に回され、小振りのお乳が双《ふた》つ、カメラの前に曝け出される。由布子は羞《しゅう》恥《ち》のあまり身悶えし、思わずああっと声を洩らす。

「やめて。縛らないで」

あらためて、源次が由布子の両腕を後ろ手に縛ろうとしていることに気付き、由布子は力無い抵抗の声を出す。もちろん、そんな言葉に仏心を起こすほど源次は甘くない。由布子は高手小手《たかてこて》に縛られていく。源次がぐっと縄を締めた瞬間、由布子はうっと声を出して悶えた。

上半身を縛り上げた源次が、由布子の体を引き寄せる。剝き出しの乳房をカメラに向けられて、由布子はあまりの恥ずかしさに身悶えする。

「や、やめて。お願い。もう、許して下さい」

「恥ずかしいかい、奥さん」

「は、恥ずかしい。恥ずかしい」

「でも、世の中には恥ずかしいのが好きな女がたくさん居てな。そういう女は、こうして恥ずかしい目に遭わされると、昂奮して、お乳の先が固くなってきたりするんだよ」

「ああ、お願いです、もう」

「ほら、奥さんみたいにな」

源次の指が由布子の乳首をくすぐる。由布子の全身が、震える。

「いやらしい乳首だな、奥さん。感じているんだろう？　こんな、恥ずかしい格好に縛られて」

「ち、違う。感じてなんかいない」

由布子の乳首は、寒い場所に居ると固くなってくる。今、乳首が勃っているのも、寒さのせいだ。由布子はそう思い込もうとしている。

だが、しこった乳首を弄られて感じているのは事実だった。源次の指が上をなぞっていくたびに、由布子の中で火花が散る。

「お、お願い、もう許して」

「許してほしければ目を閉じるんだ、奥さん」

由布子はいやいやをする。これほど巧みな愛撫に身を晒されて、今、目を閉じてしまえば、由布子の理性は吹っ飛んでしまう。目を見開いていることで、辛うじて自分を支えているのだ。

「目を閉じないのなら、ずっとこのままだぜ」

「駄目。ああ、駄目ぇ」

「ずっと、乳首を責められ続けるんだ。逆に」

「うっ！」

由布子の体が撥《は》ねる。股間をすっと一撫でされたのだ。

「ここはいつまでも触ってもらえない」

「ああっ」

源次の責めは、愛撫だけでなく、言葉嬲《なぶ》りも巧みだった。股間を触ってもらえないと言われた瞬間、由布子は辛《つら》いと思った。心の奥で源次の愛撫に身を委《まか》せかけている自分に気付いて、由布子は慄然《りつぜん》とした。

源次の指が、由布子の乳首をぎゅっと抓る。痛みが腰骨の辺りに響いて、由布子の体の力が抜ける。

それでも、由布子は目を閉じない。

「意外に強情だな、奥さん」

「はあっ、はあっ、はあっ」

「仕方が無い。俺は、こういう道具を使うのが嫌いなんだが」

源次が持ち出してきたのは、アイマスクだった。それを由布子の顔に被《かぶ》せようとする。由布子は必死で頭を振って、それを退《しりぞ》けようとした。

「あっ！　ああっ」

源次の膝が、由布子の股間を蹴り上げる。そしてそのまま膝を押し付けて、ぐいぐいぐいと動かしてくる。密かに待ち望んでいた刺激に、由布子の体の動きが止まった。由布子の目を、アイマスクが覆った。

「い、いやっ、いやいや、外して！　外してぇ！」

今や由布子は、真っ暗闇の中に居る。いくら目を凝らしても、一筋の光も感じられなかった。がんばって目を見開き続けても、これでは閉じているのと変わらない。

　源次の膝は、相変わらず由布子の股間を擦《こす》り続けている。源次の両手は由布子の乳首を刺激し続ける。目を塞がれていることで、由布子の感覚は一層敏感になってしまっていた。乳首の快感も股間の快感も、さっきとは段違いに鋭くなっている。抑えようとしても声が出る。動くまいとしても体が動く。自分から源次の膝に腰を押し付けていく自分に戸惑いながら、由布子はその動きを止めることができなくなっていた。

　由布子のジャージのズボンが引き下ろされる。スキャンティ一枚の下半身が露わにされる。由布子は狼狽えて腰を引く。

「刺激的な下着を着けているんだな、奥さん」

「あ、ああっ」

　恥ずかしさで、由布子の顔がかっと熱くなる。

　今日、由布子が身に着けているのは、陰毛までが透けて見えるレース地のスキャンティだった。お尻の割れ目もはみ出しているし、引き締まったお腹の筋肉はほとんど剝き出しになっている。全ての衣類を剝《は》ぎ取られてこの下着一枚残された由布子の裸体は、素っ裸でいる以上に煽情的《せんじょうてき》だった。

　もちろん、こんな下着は由布子の趣味ではない。それは、主人の柏原の好みだった。柏原は、頼んでもいないのにこういう刺激的な下着を買ってきては由布子に身に着けさせていた。由布子が地味な下着を着ていると、てきめん、柏原の機嫌は悪くなった。いつしか由布子のタンスの中は、柏原好みのブラジャーやスキャンティでいっぱいになっていた。

それでも、スポーツ・クラブに行く時など、更衣室で下着を見られる可能性のある場所には普通の下着を着けていくことにしていたが、まさかこういう形で人に下着姿を見られるとは思っていなかった。由布子の全身から、羞恥の冷や汗が噴き出してくる。

由布子は仰向《あおむ》けにひっくり返された。両足首を摑まれて、左右に大きく割り裂かれた。

「ああっ！　だ、駄目ぇ！」

由布子は知っている。このスキャンティの頼りない股繰りでは、由布子の恥ずかしい場所を隠しきれないということを。脚を閉じている時はいいが、大きく股を開くと、左右のどちらかから割れ目がはみ出してしまう。

「はしたない格好だな、奥さん」

「は、恥ずかしい。お願い、もう許して」

「本当に恥ずかしいな。なにもかも丸見えだ。こんな下着じゃあ、着けていない方がましだな」

「い、言わないで、言っては、嫌ぁ」

「ほら、ここも」

小陰唇の淵をすうっと撫でられて、由布子の体がびくんっと動く。喉の奥の方で、くうっという呻きが洩れる。

「すっかりはみ出してしまっている。こんないやらしい格好をして、恥ずかしくないのか、奥さん？」

「は、恥ずかしい」

源次が、スキャンティの前部を摘む。生地の間から飛び出していた陰毛が摘まれて引っ張られる。

「あっ、痛い」

「いやらしい毛もこんなにはみ出している。恥ずかしくないのか、奥さん？」

「は、恥ずかしい」

「ほら、こうすると」

「ああっ！」

僅《わず》かな股繰りを、源次は横にずらしてしまった。生地は横に寄って、割れ目の奥まで空気が入ってくる。由布子の一番恥ずかしい場所が源次の目の前に曝け出されていることが、股間に吹き付けてくる源次の鼻息で分かる。

「奥さんのあそこが丸出しになってしまう。恥ずかしくないのか、奥さん？」

「は、恥ずかしい。ああ、恥ずかしい」

「おや、お尻の穴まで丸見えだ。いくらなんでも、恥ずかしすぎないか、奥さん？」

「あっ、あっ」

「さあ、それじゃ、奥さんの恥ずかしい場所を、みんなに見てもらおうか」

「あああっ！　い、嫌ぁ！」

源次が、由布子の両脚をぐっと前に突き出す。由布子の下半身が持ち上がって、所謂《いわゆる》まんぐり返しの姿勢になる。さらに両脚が突き出されて、由布子の割れ目の奥ははっきり、カメラの方に向けられてしまう。

「あ、あああっ！」

由布子は狂ったように頭を振りたくる。実際、由布子は本当におかしくなってしまいそうだった。こんな屈辱的な扱いに、由布子は全く慣れていなかった。あまりの悔しさ、恥ずかしさに、由布子の目から涙が溢れてくる。

「殺して」

そう、囁く。

「いっそ、殺して」

「ああ、殺してやるよ」

由布子の下半身が、下ろされる。無骨な手の感触が、由布子の下着を脱がせていく。

由布子は逆らわなかった。どうせ、全てを見られてしまった。今更脱がされても、どうということは無い。いや、あんな下着なら、いっそ脱がされた方がいい。あんないたぶられ方をするくらいなら、全裸にされた方がまだましだ。

源次の声が、由布子の耳元で囁く。

「奥さん、あんたは、俺の腕の中で死ぬんだ」

「あっ！」

由布子の割れ目に、源次の指が突っ込まれてきた。指は由布子の体の中を捏《こ》ねるようにしながら、奥へ奥へと入ってくる。由布子は両脚を締めて拒絶しようとするのだが、指の動きは止められない。

「あっ、あっ」

由布子の口から喘ぎが洩れる。感じまいとしても、さっきからの愛撫で敏感になってしまった体は止まらない。

「あ、あはあっ！」

源次の指が、由布子の体の中の敏感な場所を探り当てた。触れられたとたんに、由布子の全身に電気が走る。由布子の弱みを摑んだ源次は、執拗に、執拗に、その場所をなぞる。丁寧に、丁寧に、由布子の官能を煽《あお》っていく。

「い、いや。駄目」

「駄目なのか、奥さん？」

「駄目。もう、やめて」

「ほら、ここを、こうされたら駄目なのか？」

「あっ！　あああっ！　だ、駄目ぇ！」

「それなら、こっちからこうすると」

「あはあっ！　ああっ！　ほ、本当に、駄目、駄目ぇ！」

秘所を厳しく責め立てられながら、乳首を唇に含まれる。頭に回した手で髪を搔《か》き回される。目を塞がれたままで、由布子は自分の体がどう抱き締められているのか分からない。ただ、源次の愛撫は確実に、由布子の弱い場所を探り当ててくる。由布子は、自分の知らなかった性感帯を次々に知らされて、理性が次第に痺れてくるのを感じていた。下半身の辺りから、くちゅくちゅといやらしい音が洩れ始める。内股の辺りまで愛液が漏れ出してきたのが、肌の感触で分かる。

「あ、昭彦」

由布子の唇が、囁く。見ず知らずの男に抱かれて感じてしまっている屈辱を、せめて夫の柏原昭彦に抱かれているのだと思い込むことで紛らわそうとしているのだ。

源次の瞳が冷たく光った。

「燃えるな」

そして、源次の愛撫は一気に激しくなった。膣の中に差し入れられた指が、暴力的に抜き差しされる。股間のいやらしい音は一段と激しくなり、由布子の体がぐうっと反る。

「ああっ！　好い！　あ、昭彦、好い」

由布子は恥ずかしい声を上げている自分に狼狽《ろうばい》した。大人しい由布子は、夫との営みでも控えめな声しか出したことが無い。夫にはそれが不満だったようだが、由布子にしてみれば、あまり声が出ないのが普通だと思っていた。アダルト・ビデオなどで大袈裟《おおげさ》に叫ぶのは、撮影用の演技だと思っていた。

だが今日は、抑えようとしても大きな声が出てしまう。快感に震える腹筋に力が入って、腹の底から搾《しぼ》り出したような大声になってしまう。時々、男のような野太い声が出てしまう瞬間があって、そんなときには恥ずかしさで顔が真っ赤になる。もうそんな声は出すまいと思うのだが、時々どうしようも無い瞬間があって、突き上げてくる快感のあまりの凄《すさ》まじさにまた、野太い声を上げてしまうのだった。

「い、いく」

身を震わせながら、由布子が呟《つぶや》く。

「もう、いく。ああ、昭彦、いく、いく、いくぅ」

体全体の力みが抜けなくなる。全身ががくがく震えて止まらなくなる。なにより、膣の中がきゅうっとしまって、挿《い》れられた指を締め付ける。由布子の官能はもう、止めようが無かった。

「あああっ！　昭彦！　昭彦！　昭彦ぉ！」

そのとき、源次の指が動きを止めた。絶頂寸前にあった由布子は、何が起こったのか分からない様子で、荒い息を吐いている。

「奥さん、俺の名前は源次だよ」

耳元で囁く源次の声に、由布子は顔を背ける。

「あんたを好い気持ちにさせてやってるのは、この源次だ。言ってみな、奥さん。源次さん、好いって。源次さん、いくって。言うんだよ、奥さん」

だが、由布子は頑《かたく》なに横を向いて、何もしゃべろうとしない。

「あああっ！」

突然、源次の愛撫が再開された。さっきまでの強烈な官能の余韻が燃え残っている体は、あっという間に絶頂寸前に追い上げられる。

「ああっ、好い！　も、もういく！　ああ、いく、いくぅ！」

昭彦の名前を口に出したらまた寸止めされると分かった由布子は、もう夫の名前を口にはしなかった。ただ、目隠しされているのを幸いに、自分を抱いているのは昭彦だと、自分の局所を愛撫しているのは昭彦の指だと思い込もうとした。

それでも、源次の愛撫は止まった。

「な、なぜ？」

我知らず、由布子の声は切羽詰まったものになる。絶頂寸前の状態で二度も愛撫を中断された由布子は、さすがに体が切なくてたまらない状態になっていた。

「呼んでみなよ、奥さん。源次さんって」

由布子は哀《かな》しく首を振る。それだけは、どうしてもできない。

源次の目が獲物を狙うけものの目になる。由布子の抵抗が激しければ激しいほど、源次は嬉しそうな顔になる。

「源次さん、そこって言ってみなよ、奥さん。源次さん、そこが好いって。簡単じゃないか、奥さん」

「ああ、駄目。いや」

「いやならずっと、このままだぜ。辛いぜ、奥さん」

由布子は、嗚咽《おえつ》する。塞がれた目から大粒の涙が溢れ出す。

犯されることはもう諦めた。由布子自身、ここまで体が燃えてしまえば男を拒絶しきる自信が無い。それにどの道、後ろ手に縛られた今の由布子には男から身を守る手立ても無い。

ならばいっそ、一思いにやってほしい。なぜこの男は、こんなに由布子をいたぶるのか。今の自分の惨めさを紛らわせるためのわずかな気休めさえ、見逃してはくれないのか。

女子アナ現役時代、由布子は、まだ女性が受け入れられる状態にない内から挿入して女性器を傷付ける、身勝手なレイプ犯を憎んだ。だが、今の源次の仕打ちを思えば、そういう直情的なレイプ犯の方がまだましだと思えてくる。

とにかく今の由布子には、早く全てを終わらせたいという思いしか無かった。これ以上の地獄に、由布子の神経は耐えられそうになかった。

「鬼」

泣きながら、由布子が呟く。

「鬼。悪魔。この、人でなし」

「その、鬼で悪魔で人でなしの男に、奥さんはいかされるんだよ」

源次がまた、耳元で囁いた。

「ああっ！　あはあっ！」

また、源次の愛撫が始まった。こうして嬲られると、由布子の思考はたちまち真っ白になってしまう。体の快楽に心が負けて、いけるまでやめないでと心の中で叫んでしまう。

どうせまた、いく寸前に突き放されることは分かっているのに。

由布子が源次の名を口にしたのは、源次が寸止め攻撃を始めてから一時間後のことだった。

由布子の全身にはねっとりと脂のような汗が滲み出し、腰は小刻みな痙攣《けいれん》が止まらなくなっている。意識はすでに朦朧《もうろう》としていて、一種のパニック状態に陥っていた。

源次の顔に、会心の笑みが浮かぶ。

「悪いが、よく聞こえなかったな。もう一度言ってくれないか、奥さん」

「いかせて、源次さん」

「いきたいのか」

「いきたい、いきたいの」

「だったら、源次さんの指でいかせてくださいと言ってみな」

「源次さんの、指で、いかせてください。ああっ！　あああっ！」

由布子の膣の中に入ったままの源次の指が、再び動き始める。感じやすい場所をいやらしく撫でられて、由布子は悲鳴を上げる。

由布子の体をいたぶりながら、源次の言葉嬲りは続いた。

「源次さんの指で、由布子のおま○こをぐちょぐちょにしてと言ってみな」

「源次さんの指で、由布子の、おま○こを、ああっ！　い、好い！」

「ぐ、ぐちょぐちょにして、だ」

「ぐちょぐちょにして。あああっ！」

「好いのか、奥さん」

「好い。げ、源次さん、すごく、好い」

「感じるのか、奥さん」

「感じる。ああ、感じる！　げ、源次さん、ああっ！　源次さん！」

「奥さん、いきたいか」

「い、いきたい。お願い、もう、もうやめないで」

「源次さん、いかせてくださいと言ってみな」

「いかせてください。源次さん、お願い、いかせて。由布子を、いかせてください。あっ！　あああっ！」

源次の指が、激しいピストン運動を始めた。由布子の体はたちまち硬直し、絶頂寸前に追い詰められる。さっきまでならここで愛撫が止まるところだったが、今回は止まらなかった。

「あああああっ！　い、いくうっ！　げ、源次さん、嬉しい、ああああっ！　いくっ！　いくいくいくうっ！」

そして由布子の体は一段と激しく硬直し、痙攣し、そしてゆっくりと脱力していった。ぐったりと動かなくなった由布子の手は、無意識にではあろうが、源次の腕をしっかり握り締めていた。


後ろ手に括《くく》られたまま、由布子は俯《うつぶ》せにされていた。お尻だけが高く持ち上げられている。アイマスクは外されていたが、由布子はしっかりと目を閉じており、アイマスクをされているのとあまり変わらない。

「あああっ！　あああああっ！」

由布子は身震いしながら声を上げる。由布子のそこが源次の一物で刺し貫かれ、源次の腰の動きに合わせてゆらゆらと揺れている。

「お、お願い。もう、もう許して」

由布子はいかにも辛そうにそう訴えた。

最初の絶頂を迎えたあと、源次は指と唇を使って由布子をもう一度追い詰め、さらにインサートしてからもすでに二度、いかせていた。由布子はすでに息も絶え絶えの状態で、しゃべる言葉も呂律《ろれつ》が回っていない。

「あああっ！　駄目、駄目駄目」

「なにが駄目なんだい、奥さん」

「これ以上、感じさせないで」

「感じちまえばいいじゃないか」

「あああっ！」

源次の動きに特に変化が無いにも拘《かか》わらず、由布子が悲鳴を上げる。すっかり高まってしまった由布子の体は、放っておいても定期的に官能を爆発させるのだった。

「源次さん、好いって言ってみな」

「げ、源次さん、好い。あっ！　あああっ！」

相変わらず、源次は言葉嬲りを続けている。すでに由布子は源次の言いなりだが、今の状態を口ほどに楽しんでいないのはその苦しげな表情から読み取れる。

「もう、死にそう。ああ、源次さん、本当に、本当に死んでしまう」

「だから、最初から言っているだろう」

源次の唇が、由布子の耳元に近付く。囁くような小さな声で、源次がこう言う。

「殺してやるってね」

「あっ！　あ、あはあっ！」

由布子の表情が恍惚《こうこつ》となる。源次の酷薄な台詞《せりふ》に、また官能を刺激されてしまったらしい。

「奥さん、あんたは俺の腕の中で、死ぬんだ」

「い、いやあっ！　また、またいく、いっちゃううっ！」

そして由布子は、本当にいってしまった。五度目の絶頂を迎えながら、由布子の全身はがくがくと震える。

それでも源次の腰の動きは止まらない。由布子の眉間《みけん》に、苦しそうな縦皺《たてじわ》が寄る。

「お願い、もう、駄目。許して」

これほど苦しんでいながら、腰は自然に動いてしまう。女の性《さが》という他は無い。

源次は時々、激しい勢いで由布子の子宮を突き上げる。その度に由布子は、全身を震わせてああああっと断末魔の悲鳴を上げる。

それでいて、突っ込んできた源次のペニスをさらに深く呑み込もうとするかのように、由布子の腰は源次の恥骨に縋《すが》り付いてきた。源次が思わず身震いしてしまいそうなほど強く、源次の分身を抱き締めてくる。

「ううう っ」

堪《たま》らず源次も、声を出す。

「人は見かけに寄らないな、奥さん。あんなに上品な顔をしている奥さんが、こんなにいやらしく悶え狂うとはな」

「い、言わないで。恥ずかしい」

「あんたの旦那が、こんな奥さんの姿を見たら、どう思うだろうな」

「や、やめて！　そんなことをされたら私、私本当に、ああっ！　あああああっ！」

また、由布子の官能が弾ける。強く締め付けられて、源次の顔が苦しそうに歪む。かろうじて射精を耐えた源次が、由布子の髪をぐいっと摑んで上に引き上げる。

「ああっ！　い、痛いっ！」

「さあ、奥さん！　ビデオにそのいやらしい顔を向けるんだ！　見ず知らずの男に裸に剝かれて、大事なところに突っ込まれて、散々いたぶられてそれなのに、こんなに感じてしまっている浅ましい姿を、そのいやらしい顔を、みんなに見てもらうんだよ！　カメラを見るんだ、カメラを！　その色惚《ぼ》けた顔で！」

言われた通りに、由布子はカメラに目を向ける。今の由布子は、源次の言葉に全く逆らえなかった。意識の途絶えかけている目を真っ直ぐにカメラに向けて、挑発するように舌先でちろっと唇を舐めてみせたり、切なげな吐息を吐いてみせたりしていた。

「あああっ！　あああああっ！」

由布子が狼狽えて叫んだ。突然、源次の腰の動きが激しくなったのだ。

「だ、駄目っ！　そんなに激しく突いたら、また、また」

「奥さん、俺も限界だ。もう、こらえきれない」

「あああああっ！　い、いくうっ！」

「俺もいきそうだよ。奥さん、いくぜ。いいか？」

「き、きて。早くきて。あああっ！　ま、また、またぁ」

「一緒にいくんだ、奥さん。一緒に！」

「だ、だめえっ、そ、そんなの無理、あ、あ、い、いくうっ！」

「ううっ！　し、締まる、奥さん、すごく締まるぜ！」

「ま、また、も、もう駄目、駄目駄目駄目駄目、あああっ！　い、いくっ！　いくうっ！」

「もう駄目だ！　い、いくぞ！　奥さん！」

「あっ！　あああああああああああああっ！」

源次の男根が乱暴に引き抜かれた瞬間、由布子は一際高く、長い声を上げた。背中に源次のスペルマを感じた由布子の全身はぶるぶるぶるぶると痙攣し、やがてぐったりと脱力した。

すっかり力の抜け切った体の中で、腰骨の辺りだけが別の生き物のようにぴくっ、ぴくっと痙攣を続けている。

「よかったよ、奥さん。あんた、たいした名器だ。……奥さん？　奥さん」

由布子は答えない。はしたない裸体をビデオ・カメラの前に晒したまま、由布子は気を失っていた。

三

由布子の家は、ちょっと小高い位置に建てられた、所謂億ションという奴だ。ようやく意識を取り戻した由布子は、組の車に乗せられて、家の前まで連れて来られた。

人通りが途絶えた隙《すき》に、車から降ろされる。彼女も組関係の人間なのだろうか、若い、メロンのようなおっぱいをした娘が、由布子の腕を取って支えてくれている。

「頼むぜ、杏」

助手席に座っている若頭が、杏と呼ばれる娘に声を掛ける。娘はちょっと怒ったような顔で、若頭を睨《にら》み付ける。

「分かってるよ。本当に、面倒なことばかり私に押し付けてくるんだから」

若頭はちょっと愛想笑いをしてみせたが、人目に付くのを恐れたのだろう、すぐに車を発進させていった。

「ほら、おばさん、しっかりして。ちゃんと歩いて」

二十六歳の由布子にむかっておばさんというのも失礼な話だが、今の由布子の頭の中にはまだ靄が掛かっている。杏の言葉に反応することも無く、ふらふらとエントランスに向かって歩いていく。

そんな由布子の様子を見て、杏はちょっと含み笑いをし、そして由布子の耳元にこう囁いた。

「源次の仕込みは腰に来るでしょ？　おばさん、今日一日はまともに歩けないわよ。覚悟しときなさいね」

源次という言葉に反応して、由布子の顔がかっと熱くなる。今日一日の淫らな出来事が頭を過《よ》ぎったのか、由布子は恥ずかしそうに顔を背けた。

「あら、柏原さん、どうなさったの？」

近所付き合いをしているマンションの住人と思《おぼ》しき婦人が声を掛けてくる。身に着けているものもどれも高価そうで、いかにも有閑マダムという雰囲気の令婦人だった。

言葉を失って青くなっている由布子の代わりに、杏が口を開いた。

「おばさん、ジョギングの途中で貧血を起こして、倒れちゃったんです」

「あらまあ、それはいけないわねえ」

「ゆっくり休んだからもう大丈夫なんですけど、まだ足がふらつくみたいなんで、私が付き添ってきたんです」

「そうなの。あなた、柏原さんの奥様のご親戚？」

「ええ」

「近くにお住まいなの？」

「そうでもないんですけど、おばさんから電話が掛かってきたものですから、急いで飛んできたんです」

「そうなの。えらいわねえ。奥様、いいお嬢様がご親戚にいらして、よかったわねえ」

令婦人の言葉に、由布子は複雑な笑みを浮かべながら頷《うなず》いた。


杏にドアの内側に押し込まれて、由布子はよたよたと前にのめった。そしてそのまま、へたへたと座り込んでしまった。そんな由布子の様子を見て、杏はまた、おかしそうにくすくすと笑う。

「それじゃ、あたしはここで帰るから。今日のことはもう、忘れちゃうことね。というか、思い出しちゃ駄目。でないと、もっと酷《ひど》いことになるわよ。いい？」

虚ろな由布子の顔に一瞬、怯《おび》えの表情が浮かんだのを、杏は面白そうに見ている。

「じゃあね。ばいばい」

そして、バタンとドアが閉まる。

杏がドアを閉めた後も、由布子はしばらくそこにへたり込んでいた。頭の中がからっぽで、何も考えられなかった。

やっと気が付いたように、ドアに鍵を締める。覚束《おぼつか》無い足取りで部屋に入ると、着替えを揃《そろ》えて浴室に入る。

由布子の体には、まだ源次の縄の痕がくっきりと残っていた。由布子はそれを、なにか不思議なものでも見るように眺めながら、指でなぞった。

シャワーで汗を流し、部屋着に着替えると、由布子は夕食の支度を始める。スポーツ選手である柏原は肉食を好み、人一倍たくさん食べる。多めの料理を黙々と作り上げ、食卓に並べる。埃《ほこり》が入らないように一皿一皿、ラップで包む。

それから由布子は、相変わらずふらふらする足取りでベッドルームに入ると、自分のベッドの中に倒れ込んだ。

犯された。それが悲しくない訳ではない。辛くない訳でもない。だが、そんな感情を思い出すこともできないほど、由布子は疲れ切っていた。まるでフルマラソンを走りきった後のように、由布子の体はくたくたに疲れ切っていた。

それほどしつこく、源次は由布子の体を責め立てた。これまで上げたことの無いような淫らな喘ぎ声を、由布子は上げ続けた。これまでしたことの無いいやらしい腰の動きで、由布子は悶え続けた。

そんな責めが、丸一日続いた。本気で死ぬと、何度も思った。

気が付くと由布子は、源次の上に馬乗りになって、自分で腰を使っていた。自分から求めて、源次の唇を吸っていた。

いつ果てるともない快楽地獄の中で、由布子自身も獣《けだもの》になった。理性の痺れた由布子の体は、自ら快楽を求めて源次にまとわりついた。

腰の奥の方に、まだその残り火が消え残って疼《うず》いている。もし、もう一度、源次のところに連れ戻されたとしたら、泣きながら許しを乞いつつも、やはり源次の背中に腕を回してしまうだろう。

だが今は、ただ、眠りたい。いやなことをなにもかも忘れて、眠ってしまいたい。

由布子は布団に潜り込むと、子猫のように丸くなった。


夜中に夫の昭彦が帰ってきても、由布子は起きてこなかった。昭彦が心配そうに、由布子の様子を覗きに来た。

サッカー界でもイケメンで通っている昭彦は、毎日顔を突き合わせている由布子がいまだに見とれてしまうほどの美形である。鋭くこけた頬骨の上に長い睫毛《まつげ》の大きな瞳が光っている。一見細く見える上半身が実はびっしりと筋肉に覆われていることが、シャツの上からでもはっきりと見える。

「おい、具合が悪いのか」

「ごめんね。ちょっと熱があるみたいなの」

実際、由布子の体はずっと微熱が続いている。源次に煽られた体の火照《ほて》りがいつまでも抜けない。

だから、夫のセクシーな体を見たとたん、股間がずきんと疼いた。膣の奥の方が、愛液でじわりと湿った。

「どれ、見せてみろ」

昭彦のおでこが、由布子のおでこにくっつく。額から伝わってくる、ひやっと冷たい感触が心地良い。

「本当だ。ちょっと、熱があるみたいだな」

「そうなの。ごめんね、ご飯の支度はしてあるから、レンジで温めて食べてね」

「ああ、分かったよ」

分かったよと言いながら、由布子の肩を抱いている手にぐぐっと力が入ってくる。あ、私を抱くつもりだと由布子は思う。

昭彦にはこういう、駄々っ子のようなところがあった。欲情すると、相手の都合もお構い無しに由布子を押し倒してくる。熱があってふらふらの状態で抱き締められ、ことに及んだことが今までにも二、三度ある。生理の最中に抱かれたことはもっと多いし、夜中に突然起こされて、眠い目を擦りながら昭彦の愛撫を受けたことも数え切れないほどある。

どれも、新婚間も無い頃の話である。結婚二年目の今は、夜の営みの頻度も減ってきている。前に夫と体を合わせたのもいつだったか、ちょっと考えなければ分からないほど間隔が空いてしまったが、風邪で熱っぽく、目がとろんとしている由布子に欲情するのか、昭彦は久し振りに血走った目で由布子の肩を抱き寄せてきた。

くっつけていた額が離れて、代わりに唇が重なってくる。由布子の唇を割って中に入ってこようとする昭彦の舌を、由布子は歯を食いしばって防いだ。

「お願い、本当に体がだるいの」

「やろうよ、由布子。大丈夫だよ」

「なにが大丈夫なのよ」

「風邪なんて、セックスして汗掻いたら、一発で治っちゃうよ」

昭彦の腕が、寝巻きの上から由布子の乳房を揉んでくる。腰の辺りにずんと重い感触がきて、思わず目をつぶってしまいそうになる。

その感触に、かろうじて由布子は耐えた。必死で昭彦の腕の中から擦り抜けると、昭彦とは反対側の壁際まで逃げた。

昭彦は、驚いた顔で由布子を見る。大人しい由布子は、これまで昭彦を拒絶したことなど一度も無かったのだ。あっさり体を開いてくるはずと思い込んでいた昭彦は、一体何が起こったのか分からない様子で、由布子を見つめていた。

「ごめんなさい」

由布子は、さも申し訳無さそうに言う。申し訳無さそうではあるが、奥に断固たる拒絶の意思があることを感じさせる物言いだった。

「今日は本当に、本当に疲れているの。許して」

「分かったよ」

不機嫌そうにそう言うと、昭彦は立ち上がった。

「薬はもう、服《の》んだのか？」

「うん、もう、服んだから」

「今日はゆっくり、休め」

「ありがとう」

「明日の朝、いつもと同じ時間だけど、大丈夫か？」

「うん、大丈夫。起きるから」

「じゃ、お休み」

「昭彦」

呼ばれて、振り返る。

「本当に、ごめんね」

夫は、怒っているのだという意思表示だろう、なにも言葉を返さずに出ていってしまった。バタンと大きい音がして、ドアが乱暴に閉じられる。由布子は、溜息《ためいき》を吐《つ》いた。

本当は、由布子だって抱かれたかった。いや、昭彦が求める以上に、由布子は夫とのセックスを望んでいた。

結婚一年目を過ぎた頃から、昭彦は由布子の体に対する興味を急速に薄れさせていった。性欲が弱くなった訳ではない。由布子の体に飽きてきたらしいのだ。

なにしろ、昭彦は女にモテる。遠征先遠征先に女が居ることは、容易に予想できた。だが、最近では地元にも女ができたようで、家に戻ってきても由布子の体を求める回数はめっきり減った。

由布子は昭彦の愛撫に飢えていた。着替えの折、風呂上がりなどに昭彦の裸の上半身を見ると、それだけで脚の付け根の辺りが熱くなってくる。その分厚い胸板に体を埋《うず》めて、強く抱き締められたかった。

だが、由布子は自分から求めていけるタイプの女ではない。自分から求めていって、夫に拒絶されるのも怖かった。

だから、夫が挑みかかってくるのを待っている。そうこうする間にも、外で色々な女と遊んできていることは百も承知で、由布子は昭彦の気紛《きまぐ》れをじっと待ち続けているのだ。

今日、昭彦は久し振りに由布子を求めてきた。嬉しかった。昭彦の腕に抱かれ、思い切り狂わせてほしかった。

だが、由布子の体には、源次に付けられた縄の痕が這っている。服を脱がされれば、それを夫に見られてしまう。どんなに切なくても、今日だけは夫に抱かれる訳にはいかない。

由布子は布団の中で小さく身を縮めると、ぽろりと一筋、涙を流した。

「お願い。私のことを、嫌いにならないで」

由布子はしばらくの間、布団の中で忍び泣いていた。

由布子がようやく眠りに就けたのは、夜明け近くになってからだった。

「じゃあ、行ってくるよ」

出掛けに夫は、そう言いながら由布子の唇にキスをした。いつの間にかしなくなった朝の儀式だが、昨夜セックスを拒絶されたことが昭彦にもショックだったのだろう。久し振りに昭彦は由布子を抱き締めた。由布子は由布子で、以前と変わらぬ優しさで昭彦に笑いかけた。

「いってらっしゃい」

昭彦がドアを開け、扉の向こうに消えてゆくのを、由布子は笑顔で見送っていた。そしてドアが閉まった後も、じっとそこに立って微笑んでいた。

ガチャリと鍵の掛かる音が、外から響く。

由布子の顔に、翳《かげ》りが差す。夫に表情を読まれないように努めていた緊張の糸が切れて、どっと疲れが出てくる。

リビングに戻って、ソファーに身を投げ出すようにして座り込む。変な寝方をしたので、朝からまだ頭がぼうっとしている。このままちょっとだけ仮眠を取ろうと、由布子はソファーの上に横たわる。

こうしていると、やはり頭に浮かんでくるのは昨日の悪夢だった。

やくざの抗争事件に巻き込まれ、拉致された。裸にされ、辱《はずかし》められた。あの、源次という男。由布子の体をねちねちと責め立て、焦《じ》らし、由布子に無理矢理、恥ずかしい言葉を言わせた。恥ずかしいポーズを取らせた。そして、犯した。

源次は自分を、プロだと言った。その言葉通り、源次の愛撫は巧みだった。まだ経験の浅い由布子にはとても抵抗できない、強烈な官能に由布子は翻弄された。頭が痺れた。理性が消えた。夫への愛も、女としての嗜《たしな》みも見失って、由布子は声を上げた。悶えた。腰を震わせた。

それでも源次は許してくれない。情けが欲しい一心で、由布子は源次さんと男の名前を連呼した。唇を吸った。膣を締めて源次の男根を抱き締めた。

散々焦らした後の、最後の責めは凄まじかった。充血しきった由布子の膣にまるで恨みがあるかのように、源次は激しく、繰り返し繰り返し、自分の男を叩き付けてきた。

由布子は目を剝いた。震えた。吼《ほ》えた。源次の一突き一突きが、由布子の体をずたずたに引き裂いた。

全身が燃える。噴き出してきた汗が源次の腰がぶつかる衝撃で飛沫《しぶ》く。振りたくる由布子の頭の動きに、髪が躍る。手にも足にもいきみが入り、体の中を何度も貫いてくる激しい快感に、由布子は何度も気を失いそうになる。

「いけ！　奥さん！　いくんだ！」

「ああああああっ！」

跳ね起きた。いつの間にか眠っていたらしい。

時計を見ると、夫を送り出してからまだ二〇分と経っていない。どうやら寝入りばなの浅い眠りの中で、由布子は昨日のことを思い出していたらしかった。

全身から汗が噴き出している。呼吸も乱れて、肩が大きく揺れている。

脚の付け根に手を持っていって、由布子は愕然《がくぜん》とした。股間の辺りがじっとりと湿っている。夢の中でもう一度源次に犯されながら、明らかに由布子は感じていた。

翌日の新聞に、発砲事件の犯人が自首してきたという記事が載っていた。どこかの組の構成員ということだが、鮫島組の人間ではなかった。その組は、銀星会の傘下にさえ入っていなかった。銀星会の杯を望んでいるがまだ許されていない新参の暴力団だそうで、銀星会に入れてもらいたさに勝手に取った行動であろうと、ニュースではそうコメントされていた。

事件の真相は、闇から闇へと葬り去られていった。

四

ここは、ヤマトTVのスタジオの中である。

セットは、狭いスタジオの空間を最大限に活かす形で組まれていた。下手《しもて》側に司会者とアシスタント、上手《かみて》側にコメンテーターの席が並んでいる。

由布子はそのコメンテーター席の中央から二番目の席に座っていた。レポーターの取材フィルムを流して、コメンテーターがそれをネタに雑談をするという形の情報バラエティ番組。由布子は今日、その番組にゲストとして呼ばれて出演していた。

結婚を機にヤマトTVを辞めた由布子だったが、タレントとしてTV界とはまだ繋《つな》がっていた。こういうバラエティに時々呼ばれるだけなのでそう頻繁に露出している訳ではないが、他局からの出演依頼も来るので、人脈はむしろ現役時代よりも増えている。

「いや、こういうこともあるんですねえ」

「本当に、びっくりしました」

「それでは、コマーシャルを挟んで、お待ちかねの視聴者プレゼント当選者の発表です」

カメラのランプが消える。ＣＭ入りを告げるＡＤの声が響く。出演者の緊張が解けて、一気にリラックス・ムードになる。由布子も肩の力を抜いて、置かれていたオレンジジュースにちょっと口を付ける。

アシスタントを務めていた水口アナが、さりげなく由布子に近付いてきた。由布子は心持ち、身を固くする。周りのタレントもスタッフも、見て見ぬ振りをしながら、二人の様子を窺っている。

結婚前、柏原昭彦を狙ってモーションを掛けてくる女子アナは多かった。ヤマトＴＶでは、この水口加奈アナと由布子の二人が柏原を巡って鎬《しのぎ》を削っていた。

柏原と由布子が結婚した後も、水口加奈と由布子の関係はなんとなくぎくしゃくしていた。そこが面白くて、ヤマトＴＶもわざと二人をぶつけてきたりする。

水口加奈は由布子よりも一つ年下の二十五歳だ。育ちが良さそうで大人しめの由布子に対して、加奈は快活さが売りの元気印。頭が悪いなどと陰口も叩かれるが、バラエティ番組での人気は局内一番だった。胸も由布子より大きいし、フリー・トークの反射神経も由布子より数段優れている。

そんな加奈だから、自分が由布子に負けることなど考えてもいなかっただろう。柏原と由布子の電撃結婚が報道された時、加奈は泣き出したと、教えてくれた人が居る。

口の悪いタレントから気の強いウサギみたいな顔と評された加奈の瞳が、由布子を覗き込む。

「先輩、大丈夫ですか？」

「え？　なにが？」

「今日、ちょっと様子がおかしいですよ」

内心、どきっとする。由布子が拉致され、源次に犯されてからまだ、三日しか経っていない。体を這い回る縄目は消えたが、由布子の心の傷はまだ癒えていなかった。

「そう？　別に、なにも無いけど」

「そうですか？　ちょっと元気が無いみたいに見えますけど」

「気のせいよ」

「それに」

かわいさを装う加奈の瞳の奥に、意地悪い光が宿る。

「ちょっと、色気が出てきたみたい」

ますます由布子は狼狽える。加奈は勘の良い女なのだ。このままいくと、由布子の辛い秘密を感付かれてしまうかもしれない。いや、もう感付いているのかもしれない。

動揺を隠すように、由布子は声を出して笑ってみせた。

「本当に？　嬉しい、ありがとう」

「本当ですよ。先月、お会いした時とは、まるで別人みたい」

由布子の背中を冷や汗が伝う。できることなら、このまま番組を放り出して逃げ出してしまいたかった。

加奈は心の中を見透かすように、じっと由布子の目の奥を見詰めている。

「由布子先輩、もしかしたら、浮気してたりして」

「あいにくだけど、加奈ちゃん」

由布子は怒ったような顔をして水口加奈を睨み付ける。これ以上、由布子のことを詮索させないための、精一杯の虚勢だった。

「私たちはとても夫婦仲が良いの。浮気なんて考えられないわ」

「そうなんですか？　でも、柏原さんは結構浮気しているみたいですけど」

由布子はさらにむっとして加奈を睨み付ける。加奈はすっと由布子の前を離れ、隣に座っているタレントに挨拶をしにいく。

「CM明け、5秒前です。4、3、2、……」

ADの声が、スタジオに響く。出演者の顔に、再び緊張が走る。

水口加奈の詮索は、それだけで終わらなかった。

「せんぱ〜い！」

番組収録後、由布子が他のタレントと挨拶を交わしている時のことである。突然加奈が、後ろから由布子の腋《わき》の下をくすぐってきた。由布子はあっと悲鳴を上げて悶える。驚いて振り返ると、見たぞという顔付きの加奈が笑っていた。

「加奈ちゃん」

「先輩、ごめんなさ〜い」

顔は笑っているが、目が笑っていない。由布子は加奈に弱みを握られてしまったような気がして、ぞっとした。

由布子は極端なくすぐったがりだった。女子アナ同士でふざけてくすぐり合ったりする時、いつもみんなの標的にされて悶え苦しんでいたのは由布子だった。

結婚しても、そのことは変わらない。昔からの友達には、相変わらずくすぐられたし、その度に由布子は、身悶えして笑い転げた。

だが今、加奈に突然くすぐられた時、由布子は笑わなかった。くすぐったさよりも性的な刺激を強く感じて、思わず腰が引けた。

あの事件のせいで、体が変わった。そのことに、由布子自身も今初めて気が付いた。

加奈は勘の鋭い娘だ。由布子が気付くよりも早く、そのことに気付いていた。今のくすぐりは、そのことの確認だった。

由布子は、凍り付いた表情で加奈を見詰めた。加奈は加奈で、挑むように由布子から目を離さない。浮かべた作り笑いの中で、目だけが笑っていなかった。

誰かの声が加奈を呼ぶ。

「はあ〜い！　今行きま〜す！　それじゃ先輩、お疲れ様でしたぁ」

明るく挨拶して走り去っていく加奈の後ろ姿を見ながら、由布子は呆然としていた。

五

埃っぽい部屋の中で、由布子の裸体が蠢《うごめ》く。まるで蓑虫《みのむし》のように縛り上げられた由布子の体は、ねっとりと滲んだ汗で妖しく光っている。

背中に張り付いた男の唇が背骨をなぞる。切ない刺激に、由布子の体はびくっびくっと震える。由布子の唇から甘い吐息が洩れ、喘ぎ声が混じる。

「いやらしい声だな、奥さん」

耳元で源次が囁く。由布子の眉根に縦皺が寄る。

「やめて。もう虐めないで」

「俺には最初から分かっていたんだ。大人しい顔をして、奥さんは大変な淫乱女だってことをね」

「は、恥ずかしい。駄目、もう、駄目」

「ほら、お乳をこうして弄られると、もっと恥ずかしいんじゃないのか?」

「あああっ！」

後ろから乳房を揉まれ、由布子は悲鳴を上げる。頭を振るたびに、由布子の髪が右に左に揺れる。

「ほら、腰が動き始めた。見てごらん、奥さん。こんなにいやらしく動いている」

「あああ、は、恥ずかしい。恥ずかしい」

「本当だ。見ているこちらも恥ずかしくなってくる」

源次の指がすっと下に降りて、由布子の陰毛の辺りをくすぐる。ああっと叫んで避けようとするのだが、気が付くと逆に、クリトリスを指に近付けるような動きになってしまう。だが、源次は意地悪くその指を外す。由布子はまた、はあぁっと息を吐く。それは、触れてほしい敏感な場所に触れてくれない、意地悪な源次への抗議の声に聞こえた。

「ああ、動いている。ほら、奥さん、こんなに動いている。いやらしいな、奥さん。いつもこんなにいやらしく、腰を動かしているのかい？」

由布子の頭が左右に揺れる。

「違うのか？」

頭が、縦に揺れる。

「いつもは、こんないやらしい腰使いはしないってのか？」

再び、縦に揺れる。

「すると」

源次の唇がまた、由布子の耳を塞ぐ。熱い吐息に、由布子の体が震える。

「奥さんがこんないやらしい女になるのは、俺に抱かれた時だけってことだ」

「ああああっ！」

小さな波に呑まれて、由布子の体がぐぐっと反り返る。

「どうなんだい、奥さん。あんたは、俺に抱かれるといやらしくなっちまうのか？」

「わ、分からない。分からない」

「分からないと言ったって、ここが」

「あああっ！」

源次の掌《て》が由布子の陰部に蓋をするように押し付けられる。待ち望んでいた刺激に我を忘れた由布子は、自らも腰を源次の掌に押し付け、そして前後に揺すり始めた。

「ほら、見てみな、奥さん。まるで、盛りの付いた犬だ。こんないやらしいことは、いつもはしないんだろう？」

由布子の頭が、縦にかくかく揺れる。

「いつもはしないのに、俺に責められるとこんな風になっちまう訳だ」

頭が縦に、かくかく揺れる。

「この源次の責めは、そんなに気持ちいいのかい？」

頭が、かくかくと揺れる。源次の顔に、冷酷な笑顔が浮かぶ。

「いい子だ、奥さん。正直に答えたご褒美に……」

源次の手が、離れる。一瞬、ひやっとした由布子の股間に、源次の股間のものが宛《あて》がわれる。

そして源次は、ぐぐっと腰を突き出した。由布子の体を、源次の分身が貫く。切羽詰まった悲鳴を上げて、由布子の体が太鼓に反る。

「あ、あはあああっ！」


びくんっ、と体が撥ねて、目が覚めた。部屋の中はもう、朝の光で明るくなっている。はあはあと荒い息を吐きながら、由布子はようやく、今のが夢の中の出来事だったことに気が付く。

由布子は体を起こし、タオルケットで全身に噴き出してきている汗を拭《ぬぐ》う。

(なぜ、今更？)

由布子が源次に犯されてから、もう三週間が経っている。辛い記憶もだんだん思い出す頻度が減ってきて、ようやく心の平安が戻ってきかけていたところだった。

それが今になって、なぜこんな夢を見てしまったのだろう。

生理が近付いているせいかもしれない。生理前になるといつも、由布子はエッチな気分になってくる。昨日辺りから体が火照って、その時期が近付いていることはなんとなく意識していた。

それにしても、こんな夢を見るなんて。

「声を、出したかしら」

幸い、夫は二、三日前からチームの合宿に参加していて、留守にしている。寝言で源次の名前を口にしていたとしても、聞かれる気遣いは無い。

だが、今後のことを考えると不安になる。夢は自由にならないし、寝言は防ぎようが無い。もし夫が居る時に今と同じことが起こったら大変なことだ。

元々、由布子と夫は寝床を別にしていた。おそらく逆の立場で、寝言で別の女の名前を呼ぶのを聞かれないための用心かと思うが、今度は由布子の方が気を付けなければならない立場になってきた。

台所に行って、牛乳を飲む。グラス一杯の牛乳を一気に飲み干すと、由布子は大きな溜息を吐いた。

それでも、体の火照りは去らない。忘れかけていた源次の声は夢で再び鮮明にされて、どうかすると耳の奥に響いてくる。嬲るように由布子を見詰める源次の顔も、瞬《まばた》きするたびに頭の中に鮮烈に映像化される。

一人で済ます簡単な朝食の間も、食器を洗い、掃除を始めた後も、由布子の体はもやもやと燻《くすぶ》っていた。乳首の先は朝から勃ちっぱなしだった。時々意味も無く、膣がきゅっと締まる。その度に由布子の動きは緩慢になり、頬の辺りが上気してくる。静められない呼吸が息苦しい。

(あのビデオは、本当に大丈夫かしら)

洗濯をしながら、由布子はあの日撮影されたビデオのことを思った。

源次は、由布子が何も言わなければ公開しないと言っていた。だが、その約束は守られるのだろうか。もしあのビデオが出回れば、由布子も夫も、破滅するしかない。

なにより、もしあの男が、あのビデオをネタに由布子を強請《ゆす》り、再び関係を迫ってきたら、どうしたらよいのだろう。

そう思った瞬間、由布子の心臓の鼓動が速くなった。体がかっと熱くなって、乳首の先が固く疼いた。

源次に再び犯されるかもしれないという恐れは、実は由布子の願望だった。由布子の心の中で、いやらしい妄想がむくむくと膨らんでいく。

「このビデオがある限り、あんたは俺から逃れられないんだよ、奥さん」

「そんな、ひどい、ひどい」

　思わず涙を滲ませる由布子の頭を、源次は無理矢理上に向かせる。必死で藻掻く由布子の抵抗も虚《むな》しく、由布子の唇は源次に塞がれる。源次の巧みなキスに弄《もてあそ》ばれ、由布子の体の力が抜ける。

「あっ！」

　源次は乱暴に、由布子のブラウスを左右に引き裂いた。塡《はま》っていたボタンは引きちぎられて八方に飛び散った。ビリッと音を立てて、ブラウスの生地が裂ける。由布子のスレンダーな上半身が露わにされると、源次はブラジャーの上から由布子の乳房を鷲掴みにした。

「あああっ！」

　突然、思いがけない強烈な刺激を股間に受けて、由布子は大きな声を出した。狼狽えて一歩、二歩と後退ると、一体何が起こったのか、確かめようとした。

　犯人は、洗濯機だった。無意識に由布子は、股間を洗濯機の角に強く押し付けていた。脱水を始めた全自動洗濯機の激しい小刻みな振動が、由布子の一番敏感なところを直撃したのだ。

由布子はへたへたと、その場に座り込んでしまった。妄想の中の源次の責めと、物理的に与えられた洗濯機の刺激が、由布子の理性を痺れさせてしまった。

立ち上がろうとしても立ち上がれない。じいんとした痺れが、股間を責める。膝に力を入れようとしても、なかなか入れ方を思い出せない。

乳房をそっと揉んでみる。腰の辺りがずんと重くなる。

乳首の先を指で転がしてみる。甘酸っぱい思いに、反射的に目を閉じてしまう。

指先できつく、乳首の先を抓り上げる。疼くような鋭い痛みが全身を駆け抜け、思わず声を洩らす。

気が付くと、洗濯機はもう止まっている。

由布子はよろよろと立ち上がると、洗濯物を放り出したまま、風呂場に向かって歩き出した。脱衣所の棚からタオルを一枚だけ取り出して、由布子は夫の寝室に入っていった。

昭彦の使っているベッドに身を投げ出す。そこには微かに、夫の匂いがした。夫の腕に抱き締められている時にいつも嗅《か》いでいる、男臭い、煽情的な残り香だった。

由布子は夫の布団の中に潜り込み、枕の上に顔を埋めて、二度、三度と深呼吸した。由布子の体温で寝床が温まるに従って夫の匂いは強くなり、由布子を包んでいく。

それから由布子はごそごそと身を起こし、ベッドから手を伸ばせば届く距離に据えてあるビデオ・ラックに手を伸ばした。そこには、夫の研究用に自分の出ている試合や、他のチームの試合、海外の試合などのビデオが大量に並べられている。

だが、そこに並んでいるビデオの中には、ケースだけを見ると他の資料と変わらないが中身はアダルト・ビデオというものが少なからずある。夫は由布子に全く気付かれていないつもりでいるが、由布子はちゃんと気付いていた。毎日夫の部屋を掃除していれば、いやでも目にしてしまうのだ。由布子は今まで、男の人はそれくらい仕方が無いと、見て見ぬ振りをしてやっていた。

由布子自身は、その棚のビデオを一度も見たことが無い。夫がどんなビデオを見ているのか興味が無かった訳ではないが、夫の留守中にこっそり部屋に忍び込んで、たった一人でいやらしいビデオを見ている自分の姿を想像すると、ちょっと気後れがした。

だが、今の由布子は、格別エッチな気分になっている。これまで、どうしても見ることのできなかった夫のコレクションを、今日は躊躇《ちゅうちょ》無く手に取ることができる。

幾つかのテープを点検して、最終的に由布子が選び出したのはＳＭのビデオだった。表に、『人妻調教　快感地獄』と書かれている。

ビデオをセットする前に、枕元のオーディオ・セットのスイッチを入れる。夫の部屋でセックスをする時、音を消してしまう目的で購入したものだった。カセット・デッキに入っている音楽テープをエンドレスの設定にして、流し始める。その時用に、夫が編集したテープの一曲目が流れる。ボーカルを含まない、ジャズのスタンダードの演奏が流れ始める。念のために由布子は、ボリュームを少し大きくした。

そして、ビデオをデッキに入れる。ビデオ再生状態になって、テープが動き始める。ビデ倫通過のマークが入って、著作権等の注意書きのテロップが表示される。

そして由布子は、再び夫の布団の中に潜り込む。

由布子の体を、夫の体臭が再び包み込んでいく。由布子の目が、とろんと欲情してくる。呼吸が少しずつ、荒くなってくる。

画面上では、人妻へのインタビューが始まっている。結婚して何年だとか、夫とのセックスは週にどれくらいかとかいう性的な質問が、次々に投げ掛けられる。

「これまで、いったこと、ある？」

「無いんですよ。いくっていうのがどういうことか、分からないっていうか」

由布子はある。夫との激しい交わりの中で、何度も絶頂を経験している。

だが、特に強烈なエクスタシーを感じたのは夫とのセックスではなく、源次に犯された時だった。おそらくそれは、夫との交渉が無くなって久しいために、特に激しい刺激を感じてしまったせいだろう。由布子は、そう自分に言い聞かせていた。

「縛られたことは？」

「無いです、そんなの」

「全然無いの？」

「ありません」

由布子の息が、ますます荒くなる。源次に縛り上げられ、犯された時の記憶が生々しく蘇《よみがえ》ってくる。

「試してみたいと思ったこと、ある？」

「えぇぇ」

もう一度、縛られたいと思っているのだろうか？　分からない。あんな恐ろしい、やくざの組事務所に連れ込まれるのは二度とごめんだ。

だが、源次と二人きりなら、どうか？　もう一度、縛られてみたいと思うだろうか？

「ちょっと腕、後ろに回してみて」

「いやです、そんなの」

「形だけだから。こんなものかなって、知ってもらうだけだから」

「いいです。本当に、駄目なんです」

「なにが駄目なの？」

「だってぇ」

インタビュアーは、蛇の生殺しのように女性をじわじわと追い詰めていく。強引に女性を押し倒すこともできるのだろうが、そうはしない。あくまでも、合意の上のＳＭに拘《こだわ》っている様子だった。

女性の方も、男の巧みな会話の誘導で、次第に昂奮し始めているのが分かる。語尾で不自然に息が抜けたり、笑い声の最後にはっと小さな吐息が混じったりし始めている。髪の毛に触れる回数も増えているし、時々、ちろっと唇を舐めたりもする。女性の方は女性の方で、男性に強く迫られたので仕方無くという形に拘っている様子だった。

ああ、縛られる、と由布子は思う。明らかにこの人妻は、罠にはまっている。男は明らかに縛る気満々だし、人妻の昂奮も、既に危険なレベルまで高まってしまっている。

由布子は、指でそっと自分の唇を撫でてみる。唇の刺激は舌先に響き、由布子はその舌先で唇を舐める。舌先へのもっと強い刺激を求めてする、無意識の動作だった。

ちょっとした冗談が受けて、女性がはははっと笑う。笑いながら、男性の膝に手を置く。

その手の上に手を添えた男性インタビュアーは、そのまま女性の手を摑んで離さない。

由布子は生唾を呑む。自分の手を男性インタビュアーに摑まれたような、倒錯した気分になる。

インタビュアーは、自分が女性の手を握っていることなどまるで気付いていないように会話を続ける。女性もまた、手を握られていることにまるで気付かない様子で答えを返す。それでいて、その手のことを酷く意識していることは、同じ女性である由布子には痛いほど分かる。

触れていた唇から指を離すと、由布子はシャツの胸元に手を差し入れる。胸の上をすべっていく手の感触に、思わず目を閉じてしまう。

だが、乳首にまでは触れない。今の由布子は、自分で自分を焦らしてやりたい気分なのだった。

「もう、離してください」

とうとう、女性はその手のことを口にした。だが、男性はまったく離す気は無いらしい。

女性も、頻《しき》りに男性の手を剝がそうとしたり、指を開けさせようとしたりしているが、それが本気の動作でないことがありありと見てとれる。

インタビュアーの男性が、握っている手を引く。女性の上半身が、男性に凭《もた》れ掛かっていく。男性が、女性の唇にキスをする。女性の体から、くたくたと力が抜けていく。

「いいかい？　ちょっとだけ縛るよ」

「いや」

「形だけ。本当に、形だけだから」

「もう。駄目だって」

言われながら、女性は男性の為《な》すがままになっている。両腕を後ろに回され、高手小手に縛られていく。

由布子は俯せになり、背中に両手を回す。想像の中の由布子も同じように、高手小手に緊《きん》縛《ばく》されていく。由布子の体を這う縄の感触、ぐっと締め上げられた時の切ない気分。由布子の頭の中でそういった記憶が一つ一つ甦《よみがえ》ってくる。

由布子をすっかり縛り上げて、源次は由布子の体から身を離す。目隠しをされたままの由布子には、源次の手がいつ、どこを愛撫してくるか、まるで見当が付かない。

今の由布子も、あの時と同じ状態にある。そう想像すると、どこを刺激されたのでもないのに、由布子の体は自然に熱くなってくる。

「やんっ！」

ビデオの中の女性の嬌声に、虚ろな目を開ける。

女性は、ブラウスの前を押し広げられて悶えている。どうやらノーブラだったらしく、上の一枚の胸元を押し広げられると、もう乳房が丸見えになっていた。

由布子の頭がかっと熱くなる。由布子もまた、源次にそうして前をはだけさせられた。由布子は本気で抵抗したが、結局、双つの乳房を剝き出しにされた。

「は、恥ずかしい」

ビデオの中の女性が、か細い声で呟く。

そう、頭がおかしくなってしまいそうなくらい、恥ずかしかった。両手で隠そうとしても、その手を拘束されてしまっていては隠しようが無い。手で乳房を隠せないことがさらにいっそう、恥ずかしさを煽っていくのだった。

「どう？　SM的なことには全然興味無いって言ってたけど、少しは感じる？」

女性がかなり昂奮していることに気付いていながら、男性はそんな質問をしてくる。女性はただ、いやと繰り返すだけだが、その様子は本気でいやがっているようには見えない。

そんな人妻の様子を見てとった男は、今度は人妻の下半身を脱がしに掛かる。人妻は抵抗するが、既に両腕を括られている状態では思うに委せない。下半身の、濃い陰毛が露わにされる。片脚にパンティを引っ掛けたままの状態で、人妻の両脚は括られていく。

由布子も、一枚ずつ服を脱いでいった。ベッドから身を起こして脱ぐ方が簡単なんだろうが、こうして脱いでいった方が、男に脱がされている気分になれた。

最後の一枚だけになった由布子は、持ってきたタオルを口に銜《くわ》えた。隣に恥ずかしい声を聞かれないように、こうして声を押し殺すつもりなのだ。

口の中のタオルをきりきりと嚙み締めると、由布子は両手を胸の前で交差させ、目を閉じた。

こうしていると、裸のまま、後ろから男に抱きしめられたような気分になれる。由布子は、背後の男に甘えかかるように、顔を後ろに向ける動作をした。

その瞬間、両手で、双つの乳房を強く摑む。甘やかな痛みが胸の辺りから脳天に響いて、由布子は思わず身を反らせた。

「ああっ！　ああっ！　あっ！　あ、あはあっ！」

ビデオの中では、縛られて身動き取れない人妻が二人の男によってたかって愛撫されている。乳房を揉まれ、乳首を吸われ、太腿を撫でられ、人妻は身も世も無く乱れ始めている。

由布子は、胸をゆっくりと揉みしだきながら、人差し指を使って乳首をくすぐる。タオルの下から、むう、という声が洩れる。

今、由布子の両手は自分のものではない。雁字《がんじ》搦《がら》めに縛られている由布子の体を蹂躙《じゅうりん》する、源次の不埒《ふらち》な手だった。

だからその動きは、由布子を焦らすように、あるいはからかうように全身を這う。その動きに逆らって、由布子は腕以外の部分で愛撫から逃れようとする。

だが、逃れようとしても逃れられない。結局、由布子の体は、両手の愛撫に思うように嬲られるしかない。

指先で乳首を弾く。弾くたびに腰の辺りがぴくぴくと動く。何度も繰り返し弾いているうちに、次第に気持ちが高ぶってきたのだろう、由布子の眉間に、深い縦皺が寄った。ふう、ふうと、タオルの下から荒い息遣いが洩れてくる。

片手で胸を刺激しながら、もう片方の手をゆっくりと下に滑らせていく。指先がパンティに触れると、その手をそっと中に潜り込ませる。由布子の口から、ふうっと期待の溜息が洩れる。

だが、指先はすぐに敏感な箇所に触れはしない。自分自身を焦らすように、恥毛の辺りをさまよったり、割れ目の横の肉を刺激したりしながら、なかなか核心まで至ろうとはしない。

由布子は、じれったそうに頭を振り、揉んでいた胸を乱暴に揺すった。脚が、閉じたり、開いたり、縮んだり、伸びたりと緩慢で取り留めの無い動きを繰り返す。

それでも由布子は、肝心の部分に触れようとはしない。

「あ、ああっ！　だ、駄目駄目、お、おかしくなるう！」

ビデオの中の人妻は、もはや失神寸前の乱れようだった。

だが、由布子はもう、ビデオを見ていない。もはや由布子は、自分自身の官能に陶酔し、ビデオにまで意識が回らなくなっている。

ただ、人妻の喘ぎ声だけが、由布子を淫らにするバック・グラウンド・ミュージックとして聞こえてくるばかりだった。

由布子は胸に当てた手を離すと、最後の下着に手を掛けた。相変わらず、一方の手で股間を焦らしながら、最後の一枚を脱がしにかかる。脚は由布子の手の動きを拒否するかのようにかたく閉じられていたが、やがてその動きに協力するかのように、脱がせやすい姿勢を取り始めた。

一方の脚を抜くと、もう一方の脚に布を残したまま、由布子は腕で自分の脚を大きく引き上げた。恥ずかしい部分が丸見えになり、由布子は羞恥に堪えられない様子で喉の奥の方で悲鳴を上げると、顔を横に向けた。そんな由布子をいたぶるように、両脚はさらに大きく広げられる。閉じていた割れ目の奥までが開いて、外気に触れるのが分かる。

恥毛の辺りをさまよっていた手が、大股開きにされた太腿の内側をくすぐり始めた。敏感なところに近付いたり、離れたり、きわどい辺りをすうっと撫でたりと、その手は相変わらず、意地の悪い動きを続けている。由布子の体は、びくっびくっと小さな痙攣を繰り返しながら、焦らされている部分に指が触れるのを待ちわびている。

「ぐううっ！」

ビデオの中の人妻が、くぐもった呻き声を上げる。

由布子の動きが一瞬、止まった。映像を見ていなくても気配で分かる。男の股間のものが、人妻の膣を刺し貫いたのだ。

由布子の指が、クリトリスに動く。

散々焦らされて敏感になっている肉芽の快感は強烈だった。思わず、大きな声を出しそうになるのを堪えるために、由布子は頭を大きく振った。

だが、声を押し殺そうとすることで、由布子の体はさらに高ぶってしまったようだった。ぶるぶると全身を震わせるのだが、強烈な快感がいつまでも去らない。くう、くうという小さな声が、連続してタオルの下から洩れる。

このまま、大きな声を上げてしまえればどんなに楽だろう。だが、夫の留守に自慰をしていることが近所にばれてしまうと、それこそもうここに住めなくなる。由布子は、タオルを食い千切ってしまいそうになるくらい、歯と歯を強く嚙み締めて、耐えた。

最初の強烈な波が去ると、由布子はクリトリスに当てた指をゆっくりと動かし始める。さっきの強烈な快感とは違う、じわじわと、だが、確実に、由布子を追い詰めていく感覚が、体の中に満ちてくる。

「ぐうっ、ぐっ、ううっ」

押さえ切れない声が、タオルの奥から洩れ始める。脚に力が入って、腰の辺りが自然にがくがくと揺れ始める。

「あ、あ、あ、あ、あ、あっ！」

人妻の口から、リズミカルな声が洩れる。男の腰が、ゆっくりと、規則正しく人妻の体に打ち込まれていることが分かる。

由布子は、指の動きを変化させた。人妻の声に合わせて小刻みに、クリトリスを下から上に擦り上げるような動きに変わる。まるで、由布子自身がビデオの男優に貫かれているかのように、体がびくん、びくん、と痙攣する。

「ぐううう っ！」

さっきよりも一層強烈な快感の波に呑み込まれて、由布子が呻き声を上げる。背中が反り返り、頭がいやいやをするように左右に揺れる。

「うん、ううん、うふう！」

それでも、指はクリトリスを責めるのを止《や》めない。すっかり息の上がってしまっている由布子の胸が大きく、繰り返し繰り返し波打ち、荒い息遣いに混じって、喉の奥が笛のような音を立てているのが聞こえる。

「ひぃ、ひぃ、うぐ！　ふ、ううん、ぐ！　ううっ」

由布子は、体を、脚を、ひとときとしてじっとさせていられない。あまりの強烈な感覚に、どうしても体が動いてしまう。全身から玉のような汗が噴き出し、由布子の全身をぬめぬめと光らせている。目に流れ込んだ汗は染みるはずなのだが、今の由布子はそのことに全く気付かない様子だった。

「ぐぐっ、くう、ぐっ」

由布子がぎこちなく体勢を変える。俯せになり、頭を布団の上に投げ出したまま、脚だけ膝立ちになった。形良く締まったお尻が、高く突き上げられる。

自分で自分を慰めるとき、いつもの由布子はクリトリスまでで満足していた。それで十分、最後の高みまで到達することができた。

だが、今日はそれでは物足りない。中も、満たされたくて仕方が無い。

一方の指で、相変わらずクリットを虐めながら、由布子はもう一方の手の指を二本立て、膣の入り口の辺りに持っていった。

例によって、由布子はすぐにそこに入れようとはしない。自分自身を焦らすかのように、入り口の辺りを行ったり来たりさせている。指が入り口をくすぐるたびに、由布子の体がびくん、びくんと痙攣する。お尻の穴がすぼまったり、緩んだりする。

「うふ、うふう」

指はとうとう、由布子の入り口に頭を入れた。由布子の体の動きが止まる。荒い息も、喉の奥の声も沈黙し、指が由布子の体を刺し貫く瞬間を息を呑んで待っている。

「う、ううう！　ううん」

とうとう指が、由布子の体の奥深くへと進入してきた。夫のものの大きさとは比べ物にならないが、今の由布子には十分過ぎるほどの刺激があった。

「うう、ふううう、ぐぐ！　ぐうぅ！」

指はしばらく、由布子の中をかき回していた。次々に湧き起こってくる快感の波を、由布子は背中を反らせたり、丸めたりして堪えている。指の両面攻撃から逃げようとするかのように、由布子のお尻が右に、左に、前に、後ろに、せわしなく動き回る。

やがて指の動きは、単調なピストン運動に変わっていった。

「ふっ、ふっ、ふっ、ふっ」

指が突き上げてくるのに合わせて、タオルの奥から声が洩れる。乱れ髪が汗でべったりと額にへばりついている由布子の顔は、恍惚とした面持《おもも》ちで顔の右半分を布団に埋めている。

「ふっ、ふっ、ふっ、ふっ」

由布子は、お尻を高く持ち上げたまま、少し背伸びをするように背骨を伸ばした。こうすると、由布子の胸の先端がちょうど布団の生地に擦れて、乳首の先を刺激するのだ。

「ふっ、ふっ、ぐっ、ふっ」

指の動きに合わせて乳房が揺れる。まるでベッドの上を掃除しているように、由布子の乳首が布団の上を撫でる。由布子の表情が、また、苦しそうなものに変わり、眉間に深い縦皺ができる。

「ぐっ、ぐっ、ぐっ、ううんっ」

お尻が、指を受け入れるようなピストン運動を始める。腰の動きと指の動きがあいまって、膣内の刺激が一層強くなっていく。膝立ちのまま、由布子の両足首が浮いてくる。由布子の全身が、激しく痙攣し始める。

「あぁっ」

バランスを崩して、由布子は横倒しになった。

横倒しになっても、指は攻撃を止めない。むしろ、いっそう激しく由布子を責め立てた。

「ああ、ああ、いや、あ、あああ！」

由布子の腹筋が、びくびくびくっと痙攣する。それに合わせて、由布子の体が、前後に揺れた。

クリトリスの上の指が、乱暴に動き始める。膣の中の指も、やけくそになったように由布子の中を激しく擦る。由布子の頭がいやいやを繰り返し、天井に向かって突き出された乳房がぷるぷると揺れる。

「……いく」

由布子の口から、か細い声が洩れる。指は構わず、由布子の体を乱暴に責め立てる。ああっ、と切羽詰まった声を上げて、由布子の頭が後ろに反り返る。

「ああ！　いく！　もう、いく！　ああ！　ああ！」

腰が大きく、上に突き上げられる。由布子の愛液が内股を濡らし、恥毛の草むらがふるふると揺れた。

「ああ、ああ、ああ、ああ」

そしてついに、由布子が弾けた。

「あああっ！　ああああああぁぁぁ！」

長い叫び声を上げながら、由布子の全身が激しく痙攣し、そして、動きを止めた。そして全身の力がゆっくりと抜けていくと、由布子はぐったりとベッドに倒れ込んでしまった。

乱れた息が、いつまでも収まらない。気《け》だるそうに目を開けた由布子は、目の前に落ちているぐっしょりと濡れたタオルを見て初めて、いつの間にか口に銜えたタオルが外れてしまっていたのに気が付いた。

由布子がいく間際に上げたであろう絶叫を、誰かに聞かれてしまったかもしれない。タオルを口に噛むという由布子の用心は、結局なんの役にも立たなかった。

だが、今の由布子には、そんなことはどうでもいい。今は、この深い絶頂の余韻を楽しんでいたかった。

生まれたままの姿でベッドに身を投げ出して、由布子はいつしか眠りに落ちていた。

由布子が目を覚ましたのは、もう夕方近くになってからだった。結局その日は、何をすることもなく過ぎてしまった。

ビデオ・デッキから、最後までいって巻き戻された『人妻調教　快感地獄』のビデオを取り出し、由布子はそれを元の場所にしまう。音楽のテープも、止める。

気だるそうに寝返りを打ちながら、由布子は、冷蔵庫の中に何が入っていたか、頭の中で確認した。今日は買い物に出なくても、なんとか一日しのげそうだ。

洗濯機の中の洗濯物は、もう一度すすぎだけやり直して、乾燥機で乾かしてしまおう。由布子の体の汗をたっぷり吸ったシーツも洗いたいが、それは明日に回すしかない。とりあえず、シャワーを浴びた後で、新しいシーツと取り替えておくことにする。

掃除もなにもしていないが、掃除機をかける時間くらいはあるだろう。帰ってきた夫に気付かれないように、掃除だけはちゃんとしておかないと。

そこまでの段取りを立てると、由布子はゆっくり体を起こした。

体を起こしたところで、由布子の顔が真っ赤になった。しっかり閉じていると思い込んでいた窓のカーテンが少し開いている。十センチくらいの隙間から、夕方の弱い光が差し込んできていた。

由布子の家は高層マンションの七階に位置していたから、望遠鏡を使って覗かないかぎり誰かに見られるということは無い。独身時代なら写真週刊誌の記者に付け狙われることもあるだろうが、既に人妻になって三年近くも経つ由布子をわざわざ狙ってくる記者が居るとは思えない。

それでも、カーテンを開けたままで痴態を演じ、半日近くも裸体を晒していたという事実は、由布子を酷く落ち込ませた。

（いやらしい）

由布子の体の中には、いやらしい獣《けもの》が住んでいる。そのことを今、由布子は身に染みて感じていた。

（私、いやらしい）

そう思ったとたん、また、股間の奥からじわっと湧き上がってくるものがある。またオナニーを始めてしまいそうな雰囲気になってきて、由布子は慌てて立ち上がった。今日一日を終える前に、済ませておかなければならないことはたくさんある。先ず、シャワーを浴びて、ベッドのシーツを取り替える。洗濯物をすすぎ直して、乾燥機で乾かして、食器も洗わなければならないし、掃除もざっと済ませておかなければ。家事に没頭することで、由布子は、また暴れ出しそうになっている、由布子の中の獣を鎮めようとしていた。

立ち上がったとたんに、由布子の動きが止まる。腰の奥の疼きが思いの外《ほか》強いことに、改めて気付いたのだ。

「な、なぜ？」

戸惑いが口に出てしまう。

さっきのオナニーは、十分満足のいくものだった。由布子を悩ましていたもやもやしたものも、それで治まっているはずだったのに、なぜこんなに体が渇いているのだろう。

そう。由布子の体は、オナニーをする前以上に渇いていた。性的に高められた体は、さらに強い官能を求めていた。

ありていに言えば、由布子の体は肉棒を欲していた。熱く燃えたぎった体に、男のペニスでとどめを刺してほしかった。

考えていた通りの段取りで、シャワーを浴びる。洗濯物をすすぎ直し、乾燥機で乾かしている間にベッドを整える。掃除と食器洗いも済ます。乾燥機の中の洗い物の皺を軽く伸ばして、畳んでしまう。

だが、どうしても仕事に集中できない。膣の中がじくじく湿っていて、その感触がいつまでも去らない。由布子の心も、いつまでも乱れたままだ。

「ああ」

ついに由布子は、ソファーに座り込んでしまった。はしたないと思いながら、片手で乳房を揉んでみる。腰の辺りがずんと重くなり、由布子はうっとりと目を閉じる。

「ああ、あなた」

夫のことを呼んでみる。チームの合宿に参加している夫が戻ってくるのは、明後日になるはずだ。もし、今ここに彼がいれば、由布子はすぐにでも夫に縋り付き、体をねだるに違いないのに。

だが、内心由布子も気付いている。今、由布子が欲している肉棒は、夫のものではない。

「ああ」

溜息を吐きながら、クッションを抱き締めて俯せになる。意味の無い動きでもなんでも、何かしていないと、今の感情に負けてしまいそうだった。

腰の疼きは、ますます激しくなる。ちょっと油断していると、刺激を求めてソファーに腰を強く押し当てている自分に気付き、狼狽えることになる。

「ああ」

もう一度、溜息を吐いて、クッションに顔を埋める。それでも、腰の疼きは消えない。オナニーを始めた時のような理性の痺れが、由布子をじわじわと支配していく。

昔、八百屋お七という娘が居た。火事で焼け出された時に避難した寺の寺小姓と好い仲になるが、家を建て直して戻ってくるともう、男と会えない。切なさの高じたお七は、もう一度火事になればあの人と会えると、町に火を点けた。放火の罪を問われたお七は、十六歳の幼さで鈴ヶ森の刑場の露と消えた。

人のものを盗んだだけで死罪になる江戸時代に、火付けをすればどうなるのか、そんな分別も付かなかったお七は愚かとしか言いようが無い。だが、そんなお七の気持ちが、何もかも投げ捨てて男のもとに走りたい乙女心が、今の由布子には分かるような気がする。

ソファーの上で一時間近くも悶々とした末に、とうとう由布子はお七になった。

シャワーを浴び直した後、由布子は全裸のままで自室に戻った。自分一人しか居ないとはいえ、裸で家の中を歩き回るなど、日頃の由布子では考えられない。今の由布子は、何かに執《と》り憑《つ》かれていた。

衣装ダンスの中から、煽情的なパンティを選ぶ。源次に犯された時に着ていたのと同じレース生地のスキャンティだが、編みはもっと粗い。生地も少ない。由布子の股間は、ほとんど丸見えの状態になっている。夫に買ってもらったものの中で、一番いやらしい雰囲気なのがこのパンティだった。

パンティの上から、肌色のパンティ・ストッキングを穿《は》く。色合いが絶妙で、穿いていても、ちょっと見には生脚に見えるくらい、自然な色だった。

ブラジャーを選びかけて、手が止まる。さっき見た、『人妻調教　快感地獄』のビデオのことが頭に浮かんだのだ。

あの人妻は、ノーブラだった。ブラウスを一枚脱がされただけで、乳房が露出してしまった。

一枚脱がされただけで、乳房が剝き出しにされる。そのいやらしいイメージが、頭の中でぐるぐると回る。

由布子は、迷った。迷いに迷った。そして結局、ブラジャーは身に着けないことに決めた。

困ったのは、上に何を着るかだ。もともと胸の大きさに自信の無かった由布子は、ブラジャーを着けていないとどうなるか、あまり分かっていなかったのだが、何枚かのシャツやブラウスを纏《まと》ってみて、あまりにくっきりと分かる乳首の膨らみに困惑した。ひどい場合には、乳輪の色までうっすらと透けて見えた。

たとえ服の上からだったとしても、源次以外の男に乳首を見られるのは恥ずかしい。組員の誰かにこのことを知られたら、刺激された組員が襲い掛かってくるかもしれない。由布子が犯されたいのは源次であって、他の組員ではないのだ。

散々迷ったあげく、由布子が選んだのは、麻地でざっくり編み込んであるセーターだった。

このセーターならそこそこ生地が厚いので、普通にしていれば乳首の突起はできない。それでいて、さり気なく胸を張って裾を引っ張れば、ぷくんと乳首が飛び出してくる。

下は、くるっと回転するとふわっと広がる薄手のフレア・スカートにした。かわいくて若々しい雰囲気が気に入って購入したものだ。このスカートなら、源次が乱暴に捲《まく》り上げても生地を傷めることなく、簡単に下半身を露出させられるはずだ。

全てを身に着けて、由布子は姿見に自分を写してみる。鏡の中には、高校生のようにかわいいファッションに身を包んでいる由布子が居る。メイクもナチュラル・メイクで、化粧をしているのかいないのか分からないような薄化粧だ。冗談抜きで、この格好をしていると、由布子は本物の高校生に見える。

それでいて、その衣装の下には、年相応に成熟して欲情し切っている女の裸体が潜んでいる。今日のファッションが装うためのものではなく、脱がされるためのものであることは、由布子自身が一番よく知っている。

全体の印象を確認した後、由布子はちろりと、上唇を舐めた。


こっそりとマンションを出て、広い通りでタクシーを拾う。前に連れていかれた組の所在は知っているが、さすがにそのすぐ前に車を停めるのは気が引けて、ちょっと離れた場所に停めてくれるように指定した。

「お嬢ちゃん、タクシーで移動なんて、贅沢だね。あの辺は危ないから、一人でうろうろしない方がいいよ」

案の定、タクシーの運転手は由布子を若い娘と勘違いしている。さすがに高校生とは思っていないだろうが、どこかの女子大生くらいには思われているようだった。

訂正してもよいのだが、由布子の場合、テレビで見ていることを思い出されて素性がばれる可能性があった。第一印象で勘違いしてくれたのなら、そのまま勘違いし続けてくれた方がありがたい。

「ええ、ありがとうございます。でも、降りた先で人が待っているので、大丈夫です」

由布子はにっこり笑って、それだけ答えておいた。


車に揺られているうちに、由布子は自分の体の変化に気が付き始めた。

だんだん、息が荒くなってくる。まっすぐ体を支えていることができなくなって、ぐったりとドアに身を凭せ掛ける。全身が熱っぽくなってきて、額に脂汗が浮かぶ。

「どうしたの、お嬢ちゃん。気分が悪くなったのかい？」

由布子の様子を心配して、運転手が声を掛けてきた。由布子は辛うじて頭を横に振った。

「大丈夫です。なんでも、ありませんから」

そう言いながら、由布子は内心後悔していた。どうして自分は、こんな格好で出てきてしまったのだろうと。

問題は、セーターだった。

家を出る前から、粗い生地が乳首の先に擦れる感触が気にはなっていた。外に飛び出して、タクシーを拾いに大通りに出る間も、その感触は由布子の乳首から去らなかった。

タクシーに乗り込んで車が発進すると、乳首への刺激はさらに強くなった。車の振動で、乳房も揺れるがセーターも揺れる。その揺れ方の微妙な違いで、由布子の乳首はどんどん敏感になっていく。敏感になった先端が刺激に反応して乳首はますます固くなる。乳首が固くなってくると、布の擦れる感触がますます強くなってくる。この悪循環の中で、由布子はそのもどかしい刺激に、乳房を揉みしだきたい衝動を抑えるのに必死だった。

麻糸のけばけばのちくちくした感触で、乳首の先が痒《かゆ》い。この痒みには妖しい快感が伴っていて、それ自体はそんなに気持ちよくないのだが、股間は反応してどんどん熱くなってくる。

痒さで敏感になった乳首を擦られる感触には明らかに性的な刺激があって、生地に乳首が当たるたびに、由布子の腰の力が抜け落ちていく。

いまや、由布子の乳首の固さは尋常ではない。根元の倍近くの太さに膨れ上がった先端は、刺激されるたびにずきん、ずきんと強烈な快感で脳天を突き上げてくる。由布子はいっそ目を閉じて、この快感に身を委ねてしまいたかった。甘い吐息を洩らしながら、切ない声を上げてしまいたかった。

「お客さん、着きましたよ」

運転手が由布子に声を掛ける。自分がなぜこんな格好でここに居るのか、思い出すのに少し時間が掛かった。のろのろと身を起こして、財布を捜し始める。

「お嬢ちゃん、本当に大丈夫かい？」

運転手は心配して、もう一度訊いてきた。由布子は辛うじて、笑顔を返した。

「ありがとうございます。後で、お医者さんに寄ってみます」

「なんだったら、このまま病院に回そうか？」

「いえ、大丈夫です。人を、待たせていますから」

なんとか運転手を納得させて、運賃を精算して車から降りる。そしてふらふらと歩き始める。

まるで酒に酔っているような頼りない足取りで、心許《もと》無いことこの上無い。入れようとしても、腰に力が入らない。車に揺られている時ほどではないにしろ、セーターは相変わらず由布子の乳首を刺激し続けていた。

見覚えのある看板の前に立つ。鮫島組と、太い筆で黒々と書かれている。三週間前、由布子は拉致されてここに連れ込まれ、そして源次に陵辱《りょうじょく》の限りを尽くされたのだ。

さすがに、身が引き締まる。ここから先は、何が起こるか分からない。大きな深呼吸を一つすると、由布子はゆっくりと足を踏み出した。

ノックもせずにバタンとドアを開けた。驚いた組員たちは一斉に身構える。銃を抜いた男も居て、由布子はさすがに凍り付いた。

「誰だ、手前ぇは」

「あ、お前、あの時の……」

突然の由布子の出現に戸惑う組員たちの中に、例の女子アナ通の組員が居た。いったいこいつ、誰なんだ？　いや、実はヤマトＴＶの元女子アナで、と前と同じようなやり取りが続く。由布子が誤殺事件の目撃者で、その口封じに誘拐して、いかがわしいビデオを撮影された顚末まで、女子アナ通の組員がみんなに説明してくれる。

その間、由布子は辺りを観察していた。源次の姿を探しているのだが、どうやらここには居ないらしい。

そのうちに、男たちの様子が変わってきた。既に一度犯されていると知って、それならこの場でもう一度やってもという脂ぎった欲望が男たちの顔に広がっていく。

「一度、女子アナという人種とやってみたかったんだ」

由布子の視界の外に居る誰かがぼそりと呟いた。

「それで、西島さん、今日はいったい、何の用だい？」

例の女子アナ通の組員が由布子に話し掛けてくる。その男も、他の組員も、揃ってじわりと由布子との距離を詰めてきた。由布子はそっと、ドアの外に片足を逃がす。

「源次さんは、どこ？」

「源次兄い？　源次兄いに何の用だ？」

言いながら、男たちの顔にシラけた雰囲気が広がる。

どうやら源次という男は、相当な実力者であるらしい。源次の名前が出ただけで、男たちは明らかに陵辱の意思を無くしてしまった。

「とにかく、源次さんに会わせて」

「なにか、約束でもあるのか？」

由布子の背中に、冷や汗が流れる。もし約束も無く、由布子が勝手に会いに来たということになれば、男たちはまた元気を取り戻してしまうかもしれない。由布子をこの場で犯して、源次には黙っておくということもできるのだ。

「私が来たと伝えてくれれば分かるわ」

男たちは迷っている。源次に連絡しようか、無視して飛び掛かろうかと。詰めてきた歩幅はさっきと変わらないし、身構えた姿勢もさっきのままである。

由布子も、迷っている。男たちの誰かが源次を呼んでくれるのを待つか、このまま表に飛び出して助けを呼んだ方がよいか。

だが、逃げるとすればもう遅すぎる。もし由布子が逃げたら、男たちは躊躇せず由布子の後を追うに違いない。日頃の由布子は足に自信があるが、今は普通の状態ではない。きっと簡単に追い付かれて、男たちの慰みものにされてしまうだろう。

結局、例の女子アナ通の組員が源次に連絡することになった。由布子はてっきり、この事務所に源次が居るものと思い込んでいたが、男は携帯でどこかに連絡を取り始める。

「もしもし？　源次兄い、突然、申し訳ありません。鮫島組の、安です」

安という男は、組の名前から名乗った。とすると、源次はこの組の構成員ではないことになる。あの時は、どこかよその組から応援に駆け付けたということらしい。

「ええ、そうなんです。例の女が。西島由布子っていう、元女子アナが、兄いに会わせろってんでさ。どうしやす？」

そして安という男は、由布子の方をちらっと見た。

「こちらで、適当に追い返しちまいましょうか?」

ぞっとする。この男はまだ、由布子の体を諦めていない。源次の返事次第で、獣《けもの》のように由布子に襲い掛かってくるだろう。安という男は、明らかにその方向に話を誘導しようとしていた。

「へい、分かりました。なら、そういうことで。はい、はい、そうしやす。はい」

安が、携帯電話をしまう。男たちも由布子も、安の次の言葉を待っている。何人かの男はそっと、さらに歩を詰めてきている。由布子もまた、さらに半歩、後ろに下がる。

安という男は、由布子の方に目を向ける。

「源次兄いが、お会いになるそうで。あっしが車でご案内いたしやす」

由布子の肩の力が、抜ける。男たちは、なんだつまらねえといった様子で、元居た場所に戻っていく。競馬新聞を読みかけていた男はまた競馬新聞を開き、テレビを見ていた男はまた、テレビの前に座り直した。

「こちらです。どうぞ」

安は、ガレージにつながる別のドアに、由布子を導いていった。

移動の車の中で、由布子はまた、乳首の淫靡《いんび》な感覚に悩まされる。

今度は運転席に、飢えた狼が居る。由布子の今の状態が知れれば、この安という男はたちまち悪心を起こして由布子に襲い掛かってくるに違いない。だから、今の由布子の状態に、決して気付かれてはならない。

膝の上で両手をギュッと握り締めながら、由布子は声を洩らしてしまいそうになるのを必死で呑み込んでいる。

突然、車がガンと揺れる。

「あっ！」

石か何かに乗り上げたのだろうか。小さな振動で刺激され続けていた乳首を突然大きく撫で上げられて、さすがに声が出てしまった。慌てて由布子は男を盗み見る。

幸い安は、何も気付いていないようだった。さっきの由布子の声を、単に驚いて出した悲鳴と取ったようだった。飛び跳ねた時の乳房の揺れ方がブラジャーをしている時と違っていたはずなのだが、安という男は、それも見落としている。

だが、突然の刺激に、由布子の体はかっと熱くなっていた。全身にうっすらと汗が滲んできて、股間の辺りがむずむずしてくる。

（もし今この男が飛びかかってきたら、私は不覚にもこの男の首に抱き付いてしまうかもし

れない)

そんな危うい情欲と闘いながら、由布子は車が目的地に到着するのを祈るような気持ちで待った。

由布子が連れていかれたのは、なにやらいかがわしい雰囲気の店の中だった。待合室と思しき場所も、通路も、真っ赤な照明で照らされていてよく見えない。男性客を案内していくホステスとすれ違った時、女はちらと由布子を見たが、それ以上の興味は無い様子で行ってしまった。おそらく、新人の娘が一人入ってきたとでも思ったのだろう。

ただ、顔に向けられた視線が一瞬、由布子の胸の辺りに落ちてきたのにはどぎまぎした。鈍感な男たちは誤魔化せても、同性の目からは逃れられなかった。

エレベーターを使って地下に降りると、一転してそこは殺風景で裸電球が点いているだけだった。黴臭い匂いのするコンクリートの打ちっ放しの通路を渡っていくと、幾つかのドアが並んでいる。

安はその中の一つのドアを開けた。背中を押されて由布子が中に入ると、源次が居た。

通路同様に殺風景な室内に、不自然に大きいベッドが据えられている。そのベッドの傍らの通路寄りに、こぢんまりとした応接セットがある。その応接セットのソファーに源次は座って、ゆっくりと煙草を燻《くゆ》らせていた。

なぜか源次は、褌一丁の裸だった。日焼けで黒光りしている引き締まった胸板に、由布子は思わず息を呑んだ。

「手間を掛けて済まなかったな。これで一杯、引っ掛けて帰りな」

そう言って源次は、一万円札を二、三枚、安に握らせる。安はそれを素直に受け取ると、ぺこぺこ頭を下げながら出ていった。

後に、由布子一人が残された。後ろでドアが閉まる音に、由布子の息が乱れてくる。

「大した度胸だな、奥さん。一人でまた、乗り込んでくるとは思わなかったよ」

「テープを返して下さい」

「テープ？」

「私を写した、ビデオ・テープです」

本当は、テープのことなどどうでもよかった。いや、取り返せるものなら取り返したいのだが、返してくれと言って返してもらえるはずが無い。

由布子は、源次が襲い掛かってくるのを待っていた。由布子と源次、二人きり。ドアはしっかり閉まっていて、ドアの外にもおそらく誰も居ない。こんな場所で、もし源次に襲われたら、由布子はどうしようも無い。ただ、源次に組み敷かれ、裸にされ、思うさま陵辱の限りを尽くされるしか無いのだ。

考えただけでも、頭がクラクラしてくる。股間がかっと熱くなり、奥の方に愛液がじわわっと滲み出してくる。

「あれは返せねえよ」

思った通りの答えを、源次はした。

「理由はあんたも承知しているはずだ」

「あんなものを人に見られたら、私困るんです！」

「あんたが何も言わなきゃ、誰にも見せねえよ」

由布子は、源次に詰め寄っていく。

「言いません！　私は絶対に、誰にも言いませんから！」

源次の視線が、由布子の胸に下りてくる。由布子の顔が、かっと燃える。

(ばれた)

女性に精通している源次のことだ。詰め寄る由布子の胸の揺れの大きさで、一目で由布子の状態を見抜いてしまったに違いない。

由布子の考えを裏付けるように、源次は言った。

「随分挑発的な格好をしてきたんだな」

立ち上がった源次に、思わず由布子は後ろに下がる。

顔を上げられない。源次の顔を、まともに見られない。

源次はきっと、由布子のことをいやらしい女と思っているだろう。自分に抱かれるためにこんなはしたない格好をして、のこのこやってきた女を、淫乱な女と軽蔑するに違いない。

どう思われてもいい。今は、源次に抱かれたい。源次の愛撫に痴《し》れ狂い、悶え狂いたい。

由布子は、運命に身を任せたように、目を閉じた。

「なるほどな。そういうことか」

「あっ！」

由布子のセーターを、源次は一気に引き上げた。セーターは由布子の首の辺りでお猪口《ちょこ》になって、由布子の両腕と頭をすっぽり包んでしまった。代わりに、由布子のぷっくり張り出した乳房と、引き締まったお腹が剝き出しになった。昂奮して腫《は》れ上がった双つの乳首が、ひやりと冷たい外気に触れた。

「い、いやあ！」

由布子は腰を引いて悶える。だがその動きは、源次の狼藉《ろうぜき》から逃れようとしているというより、源次がセーターを脱がせやすいように手助けしているようにも見えた。

源次は、セーターを脱がせなかった。バンザイをした格好の由布子の両手首を摑むと、それを縄で縛り始めた。

「奥さんはもう一度、俺に抱かれに来たんだ。そうだな？」

「い、いや、な、何を、何をするの？」

てっきりセーターを脱がされ、上半身裸に剝かれると思っていた由布子は混乱した。これから何が始まるのか、今の由布子には予想も付かなかった。

手首を固定した源次は、セーターの上から由布子をぐるぐる巻きにした。バンザイをした両手と頭が、セーターと一緒に縛り上げられる。もう、何も見えない。目の前にあるのは、さっきまで由布子の乳首を責め続けていた麻の生地だけだった。

二の腕の根元を縛った縄が由布子の顎の下を通っていく。これで由布子は、セーターを脱ぐことも、着直すこともできないまま、両腕の動きを封じられてしまったことになる。

「ああっ！」

突然、乳首を摘まれた。感極まった声を出して、由布子が悶える。

「随分、固くなってるじゃないか、奥さん。俺に責められるのが、そんなに待ち遠しかったか」

「ち、違う」

それは麻布が先っぽに触れて、と、説明する暇も無い。今度は、剝き出しになっている腋の下を指で押される。

「あ、ああん！」

「腋の下も丸見えだ。奥さん、恥ずかしくないのか？」

「は、恥ずかしい」

思いも寄らない場所を責められ、狼狽えた。本気で源次の腕から逃れようとするが、由布子にはどうしようも無い。

「は、恥ずかしい。ねえ、恥ずかしいです」

由布子が腋の下の手入れをしたのは午前中、買い物に出る前だった。もう半日過ぎているそこは、伸び始めた無駄毛が胡麻塩のように黒く、頭を覗かせているはずだ。源次の指に撫でられている時のざらざらした感触で、それが分かる。

(出掛けにもう一度、手入れしておけばよかった。こんな風に裸にされることは分かりきっていたのに)

男の頰のようにジョリジョリした感触が、妙に気恥ずかしかった。乳房よりも、腋毛の生えかかった腋の下の方が恥ずかしくて、由布子は必死で身悶えした。だが、どうしても源次の腕から逃げることができない。

「くっ！　う、うふうっ！」

グミの実のように腫れ上がった乳首に、唇の感触を感じる。腰の力が抜けて、その場に座り込んでしまいそうになる。だが、源次の腕がそれを許さない。

源次の唇はゆっくりと右の乳首を刺激し、そしてまたゆっくりと、左の乳房に移動していく。左の乳首を口に含まれた瞬間、由布子の膝がかくんと抜けた。

それでも源次は、由布子に座り込むことを許さない。

「だ、駄目。駄目、駄目」

乳首の性感が鋭くなればなるほど、由布子の恥ずかしさが増してくる。無駄毛の生えかけた腋の下を剝き出しにされて、その恥ずかしい腋の下をじょりじょり撫でられながら感じてしまっている自分を、由布子は本当にいやらしい女だと思う。

だが、自分のことをいやらしいと思えば思うほど、こんな自分を恥ずかしく思えば思うほど、由布子の体は敏感になっていく。源次に撫でられるたびに、舐められるたびに、由布子の体の中で火花が飛ぶ。

ようやく、由布子の体が下に置かれる。ぐったりと脱力してしまった由布子の体は、源次の体に寄りかかっている。素肌の背中に源次の筋肉質の胸を感じて、由布子ははあっと溜息を吐く。

由布子をぐっと抱き締めるようにして、源次の両手が乳房を摑む。乳房全体を揉むようにしながら、人差し指だけで乳首を転がしていく。

（ああ、気持ち好い）

体重をすっかり源次の体に預けたまま、由布子は息を荒くしていく。乳房から伝わってくる官能で、由布子の腰がぴくぴくと動く。

「あっ！　ああっ！」

突然、意外な場所に意外な刺激を受けて、由布子の体がぐぐっと反る。源次の舌が由布子の腋壺に押し当てられたのだ。舌全体に力を入れて固くした舌先で、腋壺の中心をぐぐっと押される。

「や、やめて。もう、そこは堪忍して」

源次はもう、由布子が剝き出しにされた腋の下を異常に恥ずかしがっていることに気付いている。その恥ずかしい場所を刺激されると、普通の愛撫を受けている時の何倍も混乱し、何倍も乱れることも、ちゃんと見抜いていた。

抜け目の無い源次がそんな弱味を見付けて、そこを衝《つ》かない訳が無い。源次は固くさせた舌をぐぐっと押し付けながら、未通娘《おぼこむすめ》が畳の上にのの字を書くように、舌先で由布子の腋壺の肉球にのの字を書いていく。そのもどかしい感触に、由布子の腰がいやらしく動く。

「あ、ああ、く、くすぐったい」

愛撫を受け続けてきた腋の下は、信じられないくらい敏感になっている。源次の舌先の愛撫の感触はそのまま乳首に響き、クリトリスに響き、膣の中に響き、子宮に響いた。由布子は次第に、今自分の体のどこを責められているのかさえ、分からなくなってきた。

「うあっ！」

源次の舌先が、反対側の腋に移る。気付かぬ内に刺激に飢えていたらしい。舌先を押し付けられたとたん全身に電気が走り、小さくいってしまった。

「あっ、い、いやっ！」

突然、源次は由布子の片脚を持ち上げた。フレア・スカートが割れて、股間が風に触れる。あの、いやらしいデザインの、ほとんど下半身丸出しのパンティが、今、源次の目に触れている。そう考えるだけで由布子は、恥ずかしさのあまり気が遠くなりそうになる。

「色っぽい下着だな、奥さん」

「ああっ！」

「こいつもご主人のお見立てか。スポーツ選手ってのはやはり、精力が有り余ってるんだろうな。いやらしいにもほどがあらあ」

「お願い、もう、もうそれ以上言わないで」

「なぜだい、奥さん。よく似合ってるじゃないか。あんたの色っぽいあそこに、ぴったりのアクセサリーだ」

「そ、そんな……」

「それにしても、これはたいそうな濡れ方だ」

「あ、ああっ！」

源次は今日の由布子を、徹底して羞恥責めにするつもりだ。新たな攻め口に、由布子の頭はまたくらくらしてきて、何が何だか分からなくなる。

そして訳が分からなくなればなるほど、由布子の体はいやらしく燃えてくる。

「大丈夫かい、奥さん？　こんなにビショビショになったパンティを穿いて帰ると、風邪引いちまうぜ」

「うう、お願い、もう虐めないで」

「ほら、あんまりビショビショなんで、中身が透けて見えてる。奥さんのお毛けも、割れ目も、全部丸見えになってるぜ」

「嘘。そんなの、嘘です」

もともと、透け透けの下着なのである。だが、生地が薄くて透けていると言われるより、溢れた愛液で濡れて透けたと言われる方が数段恥ずかしいし、いやらしい。源次の言葉責めは、由布子の予想の上をいっていた。

「本当さ。なんなら、これもビデオに撮ってもう一度見せてあげよう」

すっかり狼狽えている由布子を見て、源次がさらに追い詰める。ビデオ撮影という言葉に、由布子は激しく反応した。

「い、いや！　駄目！」

「いや？　ビデオに撮られるのはいやなのか？」

「いやです。そ、それだけは、駄目」

「だったら、俺の言うことを聞くか？」

「聞きます。何でも、聞きますから」

「だったら……」

麻の生地を通して、熱い吐息が耳元に吹きかかる。ああ、これから源次さんの本格的な言葉責めが始まるんだと思うと、股間の潤いがさらに増してくる。

「パンティを脱がして下さいと言ってみな」

ああ、始まった。そんな恥ずかしいことを、私の口から言わせようだなんて。

「お漏らしをしてビショビショになったパンティを、脱がせて下さいと言うんだ」

「ち、違います。お漏らしなんてしてません」

「だったら何で、ここはこんなに濡れているんだ」

「ああっ！」

「言ってみろ。ここはなんでこんなに濡れているんだ」

「そ、それは」

「それは、なんでだ？　言ってみなよ、奥さん」

「げ、源次さんが、触るから……」

さり気無く、源次の名前を口にする。自分から進んで源次の名前を口にするのは、これが初めてのことだ。セーターの奥で顔が赤く染まる。

「奥さんは、赤の他人に触られて、こんなに濡らすのかい？」

「ち、違います、それは……」

「でも、こんなにビショビショだぜ」

「そ、それは……」

源次さんの触り方が上手だから、と小さく、消え入りそうな声で呟く。もじもじと、恥ずかしそうに体をくねらせる。

由布子の腰も、恥ずかしそうに何度も「の」の字を書く。時々、こみ上げてくる官能に、ぶるぶるっと腰が震える。

「パンティを脱がせて下さいと言うんだよ」

「お、お願い。そんなことを言わせないで」

「言わないと、ずっとこのままだぜ」

「ああぁっ！」

それは、いやだ。すっかり熱くなってしまった由布子のそこに、布越しの愛撫はもどかし過ぎる。無理矢理下着を剝ぎ取って、下腹部に指を突っ込んで、いやらしく搔き回してほしい。由布子を、もっと淫らに狂わせてほしい。

（お願い、もう一度だけ、私を問い詰めて。そうしたら、私は……）

由布子の乳房を、源次の手が鷲掴みにする。ふいを衝かれて、由布子は獣《けもの》じみた悲鳴を上げる。

「パンティを、脱がせて、下さい。言ってみな」

「お、お願い、もう」

「パンティを、脱がせて、下さい」

「い、言えない。駄目、あっ！　ああぁっ！」

由布子の乳房が、さらに乱暴に揉まれる。痛みと快感の混じった強烈な刺激に、由布子の体が、またくねる。

「パンティを、脱がせて、下さい」

「パ……」

　由布子の喉が、こくんと鳴る。

「パンティを、脱がせて下さい」

「お漏らしで濡れたパンティを、脱がせて下さい」

「お、お漏らしで、濡れたパンティを、脱がせて下さい」

「私のお○んこを、すっぽんぽんにして下さい」

「ゆ、由布子の、お、お○んこを、すっぽんぽんにして下さい」

「私を、犯して下さい」

「ああっ！」

「言うんだ、奥さん。私を、犯して下さい」

「お、犯して下さい」

「よくできたじゃあねえか」

　声の調子で、耳に吹きかかってくる吐息の様子で、源次が笑っているのを感じる。冷酷なサディストの顔で由布子の体を満足そうに眺めている、源次の視線を体に感じる。

「それじゃあ、お望み通りに犯してやろう」

　由布子のスカートとパンティが、一気に剝ぎ取られる。ああっと声を上げて、由布子は両脚を縮こまらせる。縮こまった両脚を、源次が乱暴に割り裂く。再び由布子は悲鳴を上げた。源次の目の前に曝け出されているはずの股間から、どろっと愛液が滲む。

今の由布子は、首と腋から葱《ねぎ》坊主を生やした、奇妙な生き物だった。葱坊主の下は一糸纏わぬ裸である。その裸体を、源次の指が、唇が、満遍《まんべん》なく愛撫していく。新しい場所を愛撫されるたびに、この奇妙な生き物は悩ましく身をくねらせ、艶《つや》っぽい声を上げるのだった。

「…………？」

突然、源次の愛撫の手が止まった。止まっただけではない。源次は完全に、由布子との皮膚の接触を断ってしまった。由布子は葱坊主の中に、一人取り残されてしまった。

「源次さん？」

答えは無い。由布子は不安になってきた。まるで、雑踏の中で突然親とはぐれた幼な子になってしまったようだ。

「源次さん？……あっ！」

突然、一番敏感な部分の入り口を撫でられた。予期せぬ刺激に、由布子の体は一段と敏感に反応した。

だが、源次の責めはそれだけだった。

「はあっ！」

耳元に熱い息を吹き掛けられ、由布子は背中を反らせて悶えた。

だが、その責めもそれで終わりだった。

これはさっきから感じていたことだったが、視界を遮られての愛撫は強烈だ。次にどこを触られるか予想も付かない不安さが、肉体の感覚を過敏にする。

忘れた頃に源次はまた、由布子のじょりじょりした腋の下を撫でる。情欲と廉恥の混じった耐え難い感覚に、由布子の全身がぶるぶると震える。

「はっ」

突然、唇に唇を重ねられた。セーターの生地一枚隔てて、由布子の唇が塞がれる。由布子は葱坊主の中で、うっとりと目を閉じた。

まるで、たくさんの男によってたかって体を弄られているような、倒錯的な感覚。マゾの悦びに目覚め始めた由布子の体は、その被虐的な感覚にのめり込んでいく。

「ああっ！」

唇が離れたと思うや否や、由布子の双つの乳房が鷲摑みにされる。乳房への責めは少し長く続いたが、突然その手が離れたと思うと、次の瞬間には膣の中に指が進入してきている。

その指が引き抜かれたと思うと、腋の下を舌で舐められるざらっとした感触が由布子を襲ってくる。

「あっ！　駄目ぇ。うっ！　い、いや、ぐ、ぐうっ！　こ、困るぅ」

いつしか、由布子の体は踊り始めていた。源次の指が肌に触れるたびに、まるで源次の指先から電流が流れているように、由布子の体はぴくっと勢いよく跳ねて、震えた。

顔が火照り、頭がくらくらする。由布子の体から発せられる熱気が籠って、葱坊主の中はサウナのような状態になっている。こんな状態がもし続くなら、由布子はいつか気を失ってしまうかもしれない。

「ううぅっ！」

源次の指が膣の中に挿入された。指はどうやら、二本入ってきたようだ。その二本の指が、一方はGスポットを、一方は子宮を、刺激する。

「だ、駄目！　駄目駄目駄目ぇ！」

敏感な場所を一度に責められ、由布子は全身を震わせて悶えた。絶頂の瞬間が目の前に迫っていることが分かった。

だが、源次の責めはそれで終わらない。親指と思しき指が、クリトリスの辺りをすりすりと刺激し始める。さらに、

「い、いやっ！　そ、そこ駄目ぇ！」

余った指の一本、おそらく、薬指だろう。その指が伸びてきて、由布子のお尻の穴の表面

をさすってくる。由布子のお尻の穴がきゅっと窄《すぼ》まる。同時に膣もぎゅっと締まって、中の快感がぐぐっと高まる。

「駄目、駄目駄目、その指を離して」

由布子は腰を揺り動かしてお尻の刺激から逃げようとするが、膣に差し込まれた二本の指は由布子の腰の動きに随いてくるので、結局、お尻の上の指からも逃げられない。とうとう由布子は諦めて、指の動きに身を任せてしまう。

お尻の穴の責めは、それだけで終わらなかった。由布子の力がふっと抜けた一瞬、源次は指をくっと曲げた。源次の指先が、由布子のお尻の穴に食い込んでくる。

「ひ、ひいいっ！」

由布子の体がぐぐぐっと反る。いやいやをする。

「駄目、駄目ぇ！　ほ、本当に、許してぇ！」

またも由布子は源次の指から逃げようと藻掻き動くが、今度はお尻の穴自体に源次の指が食い込んでいる。無理に体を動かそうとすると、かえってお尻の穴の中を源次の指で掻き回される形になる。由布子は歯を食いしばって、腰の動きを止めた。

由布子が動くのをためらっているのに乗じて、源次はますます激しく、由布子を責め立ててくる。お尻の穴に食い込んでいた指がさらに深く、ぐっと突き刺さってくる。うっと息を詰めながら、由布子はこれも我慢する。

「ねえ、ねえ」

「なんだ、うるせえな」

「なんだか、変なの。ああ、なんだか、変」

そう言いながら身をくねらせる葱坊主の頭を眺めながら、源次はにやっと北叟笑《ほくそえ》んだ。

お尻の穴の中の指が気持ち悪い。だが、その気持ち悪さは、次第に異質な感覚を孕《はら》み始めている。源次の指がお尻の穴の内壁を刺激するたびに、由布子の頭はぼうっとしてくる。膣の中が熱く潤み、愛液が太腿を濡らす。

いつしか由布子は、お尻の穴の中の指の動きを、待ち望むようになっていた。膣の中の二本の指の刺激も気持ち好い。クリトリスをくすぐる親指の腹の刺激も気持ち好いが、それにお尻の穴の刺激が加わった時、思わず甘い声を洩らしてしまうくらいに気持ち好い。

「ああっ」

由布子の上半身が引き起こされる。脇腹の辺りを、何かが通り過ぎていく。熱い吐息が吹きかけられることから、それは源次の頭だと分かった。由布子の背中に、源次のがっちりした胸やお腹が押し付けられる。

そして源次は、由布子の乳首を口に含んだ。由布子の全身に、電気が走る。

「すごいな、奥さん。お乳の先が腫れ上がって、爆発しそうだぜ」

「ううっ!」

「は、恥ずかしい」

「ほら、ここを、こう舐めると」

「ああっ!　あああっ!」

体がぐっと反る。葱坊主の上からでも、由布子の肩が窄まって、必死に快感に耐えているのが分かる。

反対側の脇を通って、源次の腕が回り込んでくる。空いているもう一方の乳首を、指先でぎゅっと摘む。あああっと切ない声を上げて、由布子の体ががくがくと震える。

「奥さん。気持ち好さそうだな。なんとか、言ってみな」

「ああっ、ああっ、あっ!　あはあっ!」

何度も痙攣し、身を震わせる由布子だったが、体をがっちりと挟み込んだ源次の腕は強く、実際のところ、ほとんど身動きはできずにいた。

「す、すごい」

半ば意識が消えかけている由布子は、呻くような小声でそう呟いた。すでに由布子は、源次の愛撫にすっかり身を委ねてしまっている。次々と湧き起こってくるめくるめく官能に、翻弄され切っている。

　それにしても、源次の全身には、ばらばらに幾つもの神経が走っているのだろうか。クリトリスを転がす親指、子宮の奥をくすぐる人差し指、Ｇスポットを引っ掻く中指、そしてお尻の穴を掻き回す薬指と、それぞれの指が全く別々の動きで由布子の体を責め苛《さいな》んでくる。そしてさらに、乳首を刺激する指と唇の動きがそれに加わる。由布子はなんだか、四、五人の男に一度に悪戯《いたずら》されているような、そんな錯覚に陥り始めていた。

「ああっ！　い、いくうっ！」

　由布子の体が、ぐうっと反る。身を震わせて、全身が一本の棒になる。追い詰められた由布子にとどめを刺すように、源次の指の動きが一段と激しくなる。

「あああああっ！　あはあっ！」

　何かに執り憑かれたように、がくがくがくっと身を震わせ、そして、由布子はぐったりと身を沈めた。

　源次もまた、愛撫の指の動きを止めた。

　だが、それはほんの一瞬のことである。すぐに源次は全ての攻撃を再開する。由布子の体も、すぐにまた、悶え始める。

「も、もう駄目。もう、やめて」

だが、源次は指の動きを止めようとはしない。

「お願い、源次さん。痛い、痛いの」

実際、由布子の陰部の奥は、感じ過ぎて痛みを覚えるまでになっていた。

それでも源次の指の動きは止まらない。由布子の背中が、くうっと反る。

「ああっ！」

激しい快感に突き上げられ、由布子の腰ががくがくと震える。さっきの絶頂よりもずっと大きな快感の波が、すぐにでも押し寄せてきそうだった。

「怖い、源次さん、怖いよ」

「何が、怖い」

「き、気持ち好すぎて」

「気持ち好すぎて怖いのか」

「あああああっ！」

由布子の答えは無かった。代わりに、一段と大きく背中を反らせて、身震いした。

「あああああっ！　いやいやいやいやいや、だ、駄目っ！　本当に、駄目ぇ！」

悪魔のような源次の声が、由布子の耳元で囁く。

「本当に駄目かどうか、俺が試してやるよ」

そして源次の指の動きが、乱暴に、速く動き始める。くうっと、奇妙な声を上げて、由布子は全身でいやいやをしてみせた後、ぐんと身を反らせた。

「い、いくぅぅうっ！」

そして、がくっと脱力した。

それでも、源次は許さない。

「ああっ！」

僅かの休息を取る暇も無く、由布子の体にいきみが入った。

「だ、駄目ぇ、もう、駄目ぇ」

アクメとアクメの間隔が、どんどん短くなっていく。再び開始された源次の愛撫に、由布子は早くも次の絶頂が爆発しかけていることを感じていた。


どれほどの時が経ったことだろう。かなりの時が経ったようにも思えるし、まだほんの少しの時間しか経っていないような気もする。

由布子は、疲労困憊《こんぱい》していた。容赦無く責め立ててくる源次の愛撫に、いったい何度絶頂に追い上げられたか、分からない。頭の中には霞が掛かって何も考えられなくなっている。息を吸っても吸っても、息苦しさが去らない。

苦しいのに、逃れたいのに、体は源次の愛撫に反応してしまう。そして無理矢理、アクメまで追い上げられてしまう。それはもう、地獄だった。

由布子は、願った。早く、楽になりたい。この快楽地獄から、少しでも早く解放されたい。

とうとう、由布子は決心した。自ら、源次に乞おうと。これまで、強制されて言わされたことは何度かあるが、自分からは決して口にできなかった恥ずかしいことを。

「お、お願い、早く」

「早く、なんだい？」

「は、早く」

葱坊主が、恥ずかしそうに捩《よじ》れる。

いやらしくて、こんなおねだりをするのではない。こうしない限り、源次の執拗な責めは延々と続く。それを終わらせるためには、こうするしかないんだ。

蚊の鳴くような細い声で、由布子が源次に哀願した。

「挿れて。中に、入ってきて」

セーターの外の空気が、一瞬、止まる。悪魔のような源次の笑い声が、少し聞こえたような気もした。

「待っていたよ、奥さん。あんたが自分からそう言い出すのを、さっきからずっと待っていた」

「そ、そんな……」

「もう一度だけ、言ってみな。俺に、どうしてほしいんだ？」

「ああ、お願い。何度も言わせないで」

「だから、あと一度だけと言ってるだろう」

そして、源次の手が葱坊主の上をぐっと押し付ける。由布子の口から、ああっ、という吐息が洩れる。

「言ってみろ、由布子。どうしてほしいんだ」

突然、呼び方が、奥さんから由布子に変わる。由布子の股間がかっと燃える。

「お、犯してください。犯して」

由布子の割り裂かれた両脚の付け根に、何か硬いものが当たる。

「あああっ！」

見なくても分かる。それは源次の亀頭だ。入り口のところを押されただけで、由布子の全身に鳥肌が立つ。

そして源次が突き刺さる。子宮口を突き上げてきた一突きにあああっと切羽詰まった声を上げて、由布子は簡単にいかされてしまった。これまでの責めで高まるだけ高まっていた由布子の体は、由布子が考えていた以上に追い詰められていた。

かまわず、源次の腰が動き始める。

「い、いやあっ！」

いったばかりで過敏になっている膣壁を、源次のそれが陵辱する。一擦りされるごとに、震えがくるような強烈な感覚が全身を突き抜けていく。それは、痛いような、くすぐったいような、そして思わず嗚咽を洩らしてしまうほど気持ちが好いような、なんとも言いようの無い感覚だった。

その、なんとも言いようの無い感覚に、由布子の頭の中が真っ白になっていく。その強烈な感覚以外のことを、何も感じられなくなってしまう。

「腰が動いてるぜ、奥さん。いやらしいなあ。自分から腰を動かしてるのか」

「ううっ！　うぐっ！」

そんなことは、由布子にも分かっている。止めようとしても腰の動きを止められないのだ。できることなら腕の拘束も解いてもらって、源次の首にしがみ付きたい。

せめて脚を使って源次の腰を抱き締めたい。だが、いくら抱き締めても、両脚の中心を襲う痺れる感覚に、すぐにいきんでしまう。親指の先まで力が入って、ぐぐうっと両脚が伸びてしまうのだ。

由布子の全身が、脂汗でぬるぬるとぬめる。葱坊主の中は、由布子の体の発する熱気がこもって耐え難いほど暑い。暑さと官能ですっかりのぼせてしまった由布子は、今にも気を失ってしまいそうになる。

「あああっ！　あああっ！」

部屋の中に、由布子の匂いが立ち込める。

汗の匂いではない。由布子の膣の中から分泌される、濃密な愛液の匂いだった。困ったことに、自分の愛液の匂いにまで、由布子は昂奮させられてしまうのだった。

（ああ、私はこんなに昂奮している。私のあそこが濡れて、こんなにいやらしい匂いを出している。恥ずかしい。恥ずかしい）

「あああっ！　あ、あはあぁぁぁっ！」

とうとう由布子は、弾けた。さっきのとは比べものにならない強烈なエクスタシーに、由布子の全身が棒になって痙攣した。

それでも、源次の腰の動きは止まらない。由布子の体が、くくくっとうねる。

「だ、駄目。もう、駄目ぇ」

由布子の全身は、ますます敏感になっていく。一突きごとに、強烈な快感が全身を貫く。腰が、踊る。お尻が、うねる。脚が、震える。お腹が、痙攣する。

「あっ！　あああっ！」

由布子は、またいってしまった。さっきのエクスタシーの余韻もまだ醒《さ》めていない状態での、連続絶頂だった。

膣の中は、ますます過敏になってくる。源次の男根に突き上げられるたびに、気が遠くなりそうなほど暴力的な快感が由布子を襲う。

「ああっ！　ああああっ！」

また、絶頂が近付いてきた。スイッチの入りっ放しになった由布子の体は、呆《あき》れるほど簡単に追い詰められてしまう。一つのエクスタシーがまだ去っていかないうちから、次の絶頂の波が押し寄せてくる。

そして由布子は感じていた。次々と押し寄せてくる絶頂の果てに、由布子の体にとんでもないことが起こるであろうことを。

既に今の由布子は、由布子であって由布子でない。こんな狂おしい快感に支配されたことは今まで一度も無かったし、こんな不安定な精神状態になったことも一度も無かった。

自分の体が自分のものであるという実感は、もう無くなってしまっている。自分の心が自分のものであるという実感さえ、今は無い。

あるのは、のべつまくなしに襲ってくる狂おしいほどの快感と、死んでしまいそうな息苦しさ、そして、恐怖感だった。

怖い、と由布子は思う。自分が、なにか別のものになってしまいそうで、怖い。このまま、元の自分に戻れなくなってしまいそうで、怖い。このまま、気がふれてしまいそうで、怖い。このまま、死んでしまいそうで、怖い。

これまで経験したことの無いようなめくるめく絶頂の瞬間が、目の前に迫っている。それは由布子の体の中で膨らみ、熱を持ち、打ち震え、爆発の瞬間を待っている。

だが、本能的に由布子は気付いている。それはこれまで感じたエクスタシーとは違って、由布子自身が飛び込んでいかなければ始まらないものであることを。今までのように、夫の愛撫に追い詰められていかなされたり、源次に責められていかされたりするのとは違う。由布子自身が決断して、それを受け入れていかなければ、そこには辿《たど》り着けないものであることを。

由布子の中の高ぶりは既に拷問の域に達している。感じ過ぎた全身にいきみが入って、全身くたくたに疲れているのに力が抜けない。乳首もクリトリスも膣も子宮口も、感じ過ぎて痛い。どんなに大きく息を吸っても酸素が足りずに息苦しい。頭の中がくらくらして、もう何がなんだか分からない。

いってしまえば、楽になる。最後の大きな波を受け入れれば今の苦しみから解放されて、至福の瞬間が訪れる。

分かっているのに、それが怖い。今この瞬間はたまらなく苦しく、辛いのに、そこから飛び出す勇気が無い。

由布子は、切り立った崖っぷちにしがみ付いている。与えられた足場は僅かしか無い。その僅かの足場に留《とど》まっているためには必死で岩壁に縋り付いていなければならないし、両足を必死で突っ張っていなければならない。足は疲れ切ってがくがく震えているし、岩壁を摑んでいる両手ももう、痺れてきて力が出ない。由布子の体のあちこちは、擦り傷、切り傷だらけで血塗《ちまみ》れになっている。流れてきた汗が目に入って染みるが、それを拭うために手を離すと落ちてしまいそうで、どうすることもできない。

由布子の後ろに広がっているのは、暗い深淵である。それがどれほど深いものなのか、由布子には見当も付かない。

岩壁にしがみ付き続けているのは、死ぬほど辛い。だが、暗い深淵の中に身を投げてしまうのは、死ぬほど怖い。

とうとう由布子は、泣き出してしまった。

「もう、もう、許してよう」

源次は止めない。強く、弱く、由布子の腰を突き続ける。新たな絶頂の波に呑まれて、由布子が呻く。身を捩る。それでも源次は動きを止めない。

「怖いの。本当に、怖いの」

「今になって何が怖いんだ。言ってみろ」

「だって、だって本当に死んじゃう。死ぬ」

葱坊主の外から、源次の腕が由布子の顎を摑む。頭を強く押し付けられて、由布子の喉がぐぐっと呻く。

「死ねばいいじゃねえか」

源次の言葉を聞いて、由布子の中の何かがぷつんと切れた。なんだ、そうかと納得した。

「お前は俺に突き狂わされて、このまま死ぬんだ。いいか、由布子、お前はこのまま、突き殺されて死ぬんだ」

なんだ、死んでもよかったんだと、由布子は思う。

今の今まで苦しんでいたのは、死んだら困ると思い込んでいたからだ。なんとか死なずにいたいと思い込んでいたから、あんなにじたばたしていたんだ。

だが、源次さんが死ねという。だったら私は、死んでもいいんだ。源次さんが、そう言うんだから。

由布子の両手が、岩壁から離れる。限界に近付いていた両足の、膝の力がすうっと抜ける。

由布子の体が後ろに引き寄せられて、闇の中に吸い込まれていく。

どれほど深いのか分からない奈落の底に、由布子の体はあっという間に吸い込まれていく。

恐ろしいほどの加速が付いて、由布子の全身が軋《きし》む。

だが、怖くない。源次さんが言ったのだから。私は死んでもいいんだ。死んでも、なんの問題も無いんだ。


「ううぅっ！」

一物を食い千切ってしまいそうな締め付けに、源次が呻いた。一瞬、この女は膣痙攣を起こしたのではないかと思ったほどだ。それほど、その力は強かった。

だが、違う。女の体は、ぐぐうっと大きく反っている。それは膣痙攣の痛みに耐えている姿ではない。明らかに、湧き起こってくる快感に身を委せている姿だった。

「い、いかん」

強い刺激に、源次もいきそうになる。慌てて腰の動きを止めるが、女の方が腰の動きを止めない。念のためにコンドームを装着していたことも忘れて、源次は慌てて一物を引き抜こうとする。

だが、抜けない。

「ゆ、由布子、力を、抜くんだ。こ、腰を動かしちゃ、いけない」

だが、由布子の腰の動きは止まらない。最後の瞬間を求めて、一層激しく腰を揺り動かしていく。源次の陽物も、由布子の腰に激しく揺さぶられている。予期せぬ成り行きに、源次は目を白黒させている。

「と、止まれ、由布子！　や、止めろ！」

「い、いくっ！　ああっ！　い、いくうっ！　いくうっ！」

由布子の体が、一段と大きく反る。足先から指先まで、全身がぶるぶるぶるぶると震え出す。源次のそれが、一層強く締め付けられる。あまりの快感の強さに、源次は由布子の腰を摑んでいた両手をぐぐっと握り締めた。源次の指が、由布子の腰骨に食い込む。

その、腰骨の刺激が、最後の引き金となった。

「あ、あはあああああああああああああっ！」

部屋中に響きそうに大きな声で絶叫して、由布子はいった。

そしてぐったりと脱力して、そのまま気を失ってしまった。全身の力が抜けた後も、下腹部の辺りだけが別の生き物のように、いつまでもぴくん、ぴくんと痙攣し続けている。その度に、半ば萎えかかっている源次の一物がぎゅっぎゅっと締め付けられる。

源次は、動揺していた。肩で荒い息をしながら、額の汗を腕で拭い、情けなさそうに顔を顰《しか》めた。

「い、いっちまった」

敗北感を滲ませる声で、力無くそう呟く。

「堪え切れずに、女の中に出しちまった。お、俺としたことが、腑甲斐無《ね》え」

力無く肩を落として、源次は大きな溜息を吐いた。

稀代の色事師を自分が屈服させたことにも気付かず、由布子はうっとりと、情事の余韻に浸り込んでいた。

六

由布子が家に辿り着いたのは、その翌日のことだった。源次とのセックスの激しさで腰が抜けてしまった由布子は、その日、自力で立つことができなかったのだ。

牢獄のような仕込み部屋で目を覚ますと、昨夜帰宅したはずの源次は既に来ていて、ベッドの横に座っていた。寝顔を見られた恥ずかしさに、由布子が縮こまる。

「起きたか」

「おはよう」

ちょっと、馴《な》れ馴《な》れしい挨拶をしてみる。源次は当然のように、それを無視した。

「服を着ろ。家まで送る」

「源次さんが、送ってくれるの?」

「早くしろ。マダムが出勤してくる前にここを出る」

急いで服を着せると、腕を引っ張るようにして源次は由布子を連れ出した。

源次に摑まれている腕が熱い。由布子は小娘のように赤面した。セーターに擦れている乳首が、早くも固くしこってきた。

　源次の車は、薄汚れた国産車だった。最後に洗車したのはいつのことだったのか、撥ねた泥が干からびてこびりついたままになっている。ヤクザ者は車に金と気を使うものだと思っていたが、源次はそうでないらしい。一瞬、スポーツ・カーでのドライブを期待した由布子は、ちょっとがっかりした。

「そっちじゃない、こっちだ」

　当たり前のように助手席に座ろうとする由布子を、源次は後部座席に押し込んだ。由布子はちょっと、源次のことを睨んでみせたが、源次はこれも無視した。

　車が、ゆっくりと発進する。意外だが、源次はかなりの安全ドライバーだった。ＳＭプレイの時のあの荒々しさは、微塵《みじん》も見られない。

「二度と、来るんじゃない」

　何の前置きも無く、源次は由布子にそう告げた。

「でも……」

「俺たちとあんたじゃ、住む世界が違うんだ」

「もし、私のことを気遣ってそう言っているなら、私……」

「こっちが迷惑すると言っているんだ」

「…………」

「もし今度、のこのこやってきたら、あのビデオを世間に流す。あんたも、あんたの亭主も、破滅だ」

「そしたら私は、あの事件のことを世間に公表するわ」

突然、携帯が鳴った。慌てて由布子はそれに出る。

「もしもし？」

「俺だ」

源次の声だった。

驚いて由布子が前を見る。携帯電話を耳に当てて片手運転をしている、源次の後ろ姿が見えた。

「どうして、どうして私の携帯番号を知っているの？」

「お前が寝ている間に調べさせてもらった。ついでに、アドレス帳のメモリーも、全部転記した。親戚、友人、仕事関係、全部だ」

「…………」

「あんたが動けば動くほど、犠牲者が増える。分かるな？」

由布子の顔からさあっと血の気が引いていく。自分の相手がヤクザ者であることに、改めて思い知らされた。

「二度と」

唇を噛み締めながら、由布子が呟く。

「二度とご迷惑はお掛けしません」

「そうしてもらおうか」

突き放すような源次の声が返ってきた。

やはりこの男は、冷酷無比なサディストだったのだ。悲痛な決心をした由布子に対して、思いやりのある言葉を掛ける優しさなど一かけらも持ち合わせてはいないのだ。体だけでなく、由布子の心までこうしてズタズタに傷付けて、なんとも思わない男なのだ。

車が由布子のマンションの前に着く。源次はドアを開けるために車から降りようとしたが、由布子は自分でドアを開けて外に飛び出し、後ろも振り返らずに中に飛び込んでいった。由布子の姿が消えるのを確認して、源次はゆっくり車を動かし始めた。


翌日、水口加奈が訪ねてきた。

由布子は驚いた。新居に引っ越してきて以来、加奈は一度も由布子の家に来たことがなかった。友達や同僚を集めてのホーム・パーティを開いた時も、加奈だけは一度も参加していない。

それが急に、こうして訪ねてきたのはなぜなのか？

「どうしたの？　急に」

「ごめんなさいね、急にお邪魔しちゃって」

尋ねる由布子を上目遣いで見詰めながら、加奈の兎のような黒目がくりくりっと動く。この女がこういう顔をした時は、きっと何か腹に一物あるのだ。

「いいのよ。さあ、上がって」

由布子も、屈託無い口振りで加奈を招き入れる。笑顔と笑顔の裏側で、見えない刃《やいば》が火花を散らす。

「ごめんなさいね。せっかくいらしたのに、主人は今、居ないのよ」

「知ってます。強化合宿で、五日間、お留守なんですよね」

「よく知っているわね」

「私、昭彦さんのことはなんでも知ってるんです」

妻である由布子の前で、加奈は夫のことを恋人のように呼んだ。その呼び方は以前の加奈の口癖であったが、柏原昭彦が由布子のものとなった今もそう呼び続けているとすれば、やはり不快だった。

「加奈ちゃんの番組ではスポーツ・ニュースもやっているから、そういう情報も入ってくるのよね」

「それに私、なんだかんだ理由付けて、今でも時々、昭彦さんに突撃取材したりしてるんですよ。知ってました？」

知っている。昔所属していたTV局の番組は、できるだけ見るようにしていた。とりわけ、番組のメイン・キャストの一人で選手の取材など直接する立場に無いはずの加奈が夫のインタビューをしているのを見て以来、加奈の番組は必ずチェックするようになった。

加奈は頻繁に昭彦のインタビューに出向いていた。インタビューの間中、加奈は男に媚びた甘い声を出し、何かといえば夫の体に触り、腕に抱き付く振りをしては胸を夫の肘《ひじ》に押し付けた。

嫉妬した。はらわたが煮えくり返った。夫とのセックスが無くなってからは、本気で二人の間を勘繰ったりもした。

だが思い直した。夫と付き合い始めた頃の由布子は、二人の関係がばれないように、なるべくカメラの前ではそっけなく振る舞っていた。こうして公然といちゃついているのは、逆に二人の間にまだ疚《やま》しい関係が無い証拠と言えた。

それに、どのみち夫にはそれぞれの遠征先に遊び相手が何人も居る。もし水口加奈と夫が関係を持ったとしても、そういう女が一人増えたに過ぎない。

「昭彦さんって、素敵だわ。結婚してるのに、ぜんぜん所帯染みたところが無くて。本当、憧れちゃうなあ」

つまり、夫は外で、由布子の存在を全然感じさせないと言っているのだ。加奈の言葉は、一々棘《とげ》を含んでいる。

「今日はどうしたの？　突然。何か大事な話」

「そんな、大事な話ってことでもないんですけどね」

さっきから由布子は気が気ではないのだか、加奈はもったいぶってなかなか本題に入らない。

「ねえ、亭主元気で留守がいい、なんていうじゃないですか？　ご主人が五日も家を空けたら、やっぱり伸び伸びできたり、します？」

「馬鹿ねえ、そんなこと、無いわよ」

「嘘だあ。ねえ、ちょっとはほっとしたりするんでしょ？　ねえ、どうなんですか？」

「しないわよ。しません」

由布子ははっきり否定する。こんな時、うっかり相手に調子を合わせるようなことでも言おうものなら、今の加奈の言葉は由布子自身の口から出た言葉として夫に伝えられるに決まっているのだ。

「そうかなあ。本当は、留守の間に変なことしてたりして」

思わず、由布子の顔が強張る。加奈は意地の悪い目で、由布子のことを見ている。

「馬鹿なこと、言わないでちょうだい」

「そうかなあ。例えば、ヤクザの事務所に出入りして、なにか悪巧みしているとか」

由布子は言葉を失う。元々嘘の苦手な由布子は、こんな時とっさに、うまい言葉が浮かばない。

「この間、私の番組の途中、なんだか様子がおかしかったじゃないですか？　それで、もしかしたら面白いかなあと思って、私、興信所に調べてもらったんです」

由布子の顔が真っ青になる。何も言わなくても、その顔色が加奈の疑惑を認めていた。

「興信所？　なんなの？　それ」

勝ち誇ったように、加奈はバッグから一束の写真を取り出して、由布子に手渡した。

「なんならそれ、差し上げますよ。私の手元にも、同じのがありますから」

震える手で、由布子はその写真を眺める。そこには、源次を求めてタクシーを拾う由布子が、鮫島組の組事務所に入っていく由布子が写されていた。ドアのところで組員と応酬しているときの写真は、由布子の横顔と組の看板が並んで写っている、絶妙のシャッター・チャンスになっていた。

「すごいなあ。西島さん、ノーブラじゃないですか。そんな格好で、ヤクザの男性と不倫してるんじゃないですか？」

安という組員の車に乗り込むところも、源次の居た秘密クラブに入るところも、写されている。確かに女の目で見ると、由布子がブラジャーを着けていないことは一目瞭然だった。

源次の車に乗せてもらった時の写真はさらにまずい。乗り込む時の写真は、由布子が助手席に乗ろうとした瞬間が写されている。降りる時の写真は、後部座席から飛び出す瞬間のショットになっていた。つまり、由布子はどこかで席を移動したことになる。この二枚の写真をワイド・ショーなどで使われれば、由布子は初めに助手席に乗り込み、途中、ホテルへ寄って、それから人目をはばかって自宅前に送ってもらう時は後ろに座ったのだと、まことしやかな話を作られるに違いない。

由布子は、唇を噛んだ。これは、天罰が下ったのだ。細かい事情は加奈が考えているのと違うが、由布子が浮気をしたのは事実だし、由布子がこの日、夫以外の男に抱かれるために出かけていったことも紛れも無い事実なのだから。

（あんなことをしなければよかった）

ことは自分一人のことで収まらない。この写真が世の中に出れば、夫だって大変なことになる。選手生命を絶たれるかもしれない。夫は何もしていないというのに。

「あんたが動けば動くほど、犠牲者が増える」

昨日、源次に言われた言葉が頭を掠《かす》めた。本当に、源次の言う通りになった。

由布子の瞳から一筋、涙がこぼれ落ちる。それを見ている加奈の顔に、勝ち誇ったような笑みが浮かぶ。

(ごめんなさい、あなた。ごめんなさい)

由布子は何度も、心の中で詫びた。何度謝っても、済まされる問題ではないけれども。

「ねえ、西島さん。この写真、番組で使っていいでしょ？　だってこれ、大スクープなんですもの」

「やめて」

「やめてって言われても、プロデューサーに相談したら絶対ゴー・サイン出ますよ。昭彦さんに迷惑掛けるのはちょっと気が引けるけど、でも、仕方無いですよね」

「お願い、加奈ちゃん。その写真とネガ、私に売ってちょうだい。お願いします」

「いやだなあ。それじゃ私、西島さんを強請りに来たみたいじゃないですか。私、そんな悪い女の子に見えます？」

「お願い。その写真、公表しないで。なんでもします。私、なんでもしますから」

「そう。なんでもするの」

加奈の口調が、急にぞんざいなものに変わる。口元に、酷薄そうな笑みが浮かぶ。

「じゃあ、三遍回ってワンと言ってご覧なさい」

うっと由布子は息を呑む。後輩の、それもかつて主人を取り合った女の前でそんな屈辱的な格好をさせられるのは、死んでも嫌だ。

だが、もし断れば、加奈は本気で写真を公表するに違いない。由布子に、選択の余地は無かった。

「どうしたの。さっさとしなさいよ。それとも、さっきの言葉は嘘だったの？」

由布子は唇を噛み締める。噛み締めながら、加奈の前に両手を突き、四つん這いになってゆっくりと回り始めた。頭の上から、勝ち誇ったような加奈の笑い声が聞こえてくる。

一回。加奈が嘲笑の言葉を投げてくる。

「いい格好ね、由布子。昭彦さんに、今の姿を見せてあげたいわ」

加奈は、先輩の由布子を名前で呼び捨てにした。ぐっと怒りが込み上げてくるが、必死で呑み込んだ。

二回。加奈はスリッパを履いたままの足で由布子のスカートの裾を引っ掛け、手繰《たく》し上げる。由布子のお尻に、来客用のスリッパが押し付けられる。主人好みの煽情的なパンティが顔を出す。それを見た加奈は、体をくの字に曲げて笑い転げた。

「素敵な下着ね、由布子。さすがに、ヤクザと浮気するような奥様は下着の趣味もセンスがいいわ」

これは主人が私に買ってくれたもの、とは言えなかった。これも由布子は、ぐっと我慢した。

三回。キッチンの椅子に座ってスリッパを脱いだ加奈は、足の親指と人差し指で由布子の乳首を摘んだり、頬を突いたりした。

ようやく、三回回り終えて、最後に一声鳴こうと由布子が息を吸った、その瞬間である。由布子は加奈に、思い切り蹴られた。突然のことに踏ん張ることも出来ず、由布子はそのまま横倒しになった。

「甘いわね。そんな簡単なことで、私が許すとでも思ったの？」

「ひ、酷い。騙《だま》したのね、加奈」

再び、由布子は蹴り倒される。

「私を呼び捨てにするんじゃないよ、この馬鹿女」

「ご、ごめんなさい、加奈ちゃん」

「ちゃん？」

「……ごめんなさい、加奈さん」

　加奈は満足げに笑って、椅子の上で踏ん反り返る。

「由布子、私は何もあんたを騙した訳じゃないよ。あんたは何でもすると言ったわよね？　でも、何でもするのは一つだけだと、そうは言わなかったわよね？」

「そ、そんな……」

「後ろを向きなさい。私の方にお尻を向けるの。そして、頭を床に付けて。お尻だけ上に持ち上げとくのよ」

　そして加奈は、スリッパを手に立ち上がった。

「あんたみたいにいやらしい女は、百叩きの刑よ。途中、一度でも声を出したら、また一からやり直しだからね」

「か、加奈さん」

　そんなことは止めてと言おうとした由布子のお尻に、加奈の第一撃が振り下ろされた。パシンという乾いた、びっくりするほど大きな音がする。

「くっ！」

「ひとおつ」

　パシンッ！

「ぐっ！」

「ふたあつ」

加奈は容赦無く、スリッパを振り下ろしてくる。好きな男を取られた女の恨みのこもった打擲《ちょうちゃく》である。由布子のお尻は、たちまち真っ赤に腫れ上がった。双つの尻たぶが熱を持って燃えるように熱い。お尻の肌は最初、過敏になって、一打ちごとに激痛が走った。だが、やがて感覚が麻痺してきて、だんだん痛みを感じなくなってきた。

その辺りから、由布子の体に変化が生じてきた。

もっともいやな相手に黙ってお尻を叩かせている屈辱感と、痛みと、そしてはしたない格好を取らされている恥ずかしさ、それらの感覚が綯《な》い交ぜになって、何がなんだか分からなくなってきた。熱にうなされたように頭がぼうっとしてきて、時々、気が遠くなってくる。

加奈の激しい笑い声に、由布子ははっと我に返った。

「何よ、これ。スリッパでお尻をぶたれながら、濡らしちゃったの」

由布子の表情がはっと強張る。自分でも顔が、いや、全身がかっと熱く、赤くなっていくのが分かる。

「嘘。嘘です」

「嘘って、それじゃこれはなんなのよ」

股間の辺りを撫でられて、由布子はあっと悲鳴を上げる。確かにそこは、既に充血し切っていて、極度に敏感になっていた。軽く撫でられただけで、背筋にびりびり電気が走る。思わず由布子は背中を反らせ、床に横倒しになってしまった。

「ほら、パンツの真ん中に、こんな恥ずかしい染みができてるわよ。ほら、これは一体、何なの？」

「や、やめてっ、それ以上触らないでぇっ！」

由布子は必死で、股間に当てられている加奈の手の手首を摑む。だが、由布子の腕は早くも力が萎えてしまっていた。両手で加奈の手を引き剝がそうとするのだが、細くて華奢な加奈の腕が、どうしても外せない。

由布子の体が、仰向けに引っ繰り返る。加奈の空いている方の手が、由布子の顎を摑んで床に押し付けた。後頭部をしたたか打ち付けて、目から火花が飛ぶ。由布子の腕の力が抜けてぐったりとなる。

「何腰を動かしてるのさ、いやらしい。感じるのか、このアバズレ！　お尻をぶたれて、こんな乱暴をされて、お前はそれでも感じるのか、この淫乱女！　この、馬鹿女！」

由布子の顎を押さえ付ける手の乱暴さ、投げかけてくる言葉の荒々しさと対照的に、股間に置かれた手の動きはソフトだった。中指、薬指を膣の入り口にぐっと押し付けながら、人差し指はパンティ越しに、触れるか触れないかの微妙なタッチでクリトリスの表面を引っ掻いている。じっとしていられないような悩ましい快感が、連続して由布子の体を襲う。その度に由布子の体は反応して、びくっびくっと小さく震える。

「あ、ああ、いくっ！　も、もう、いくっ！　ううっ」

「こんな恥ずかしいことされて、いくの？　お尻をぶたれてパンツ濡らして、そこをちょっと弄られただけでもういくの？　由布子、あんた、なんて恥知らずな女なの？　この、破廉恥女！　ド助平！　淫乱の変態！」

加奈の容赦無い罵倒が由布子に投げかけられる。あまりの辛さ、あまりの哀しさに由布子は身を捩り、頭をいやいやと振り動かす。

辛い。哀しい。恥ずかしい。にも拘わらず、由布子は加奈の言葉責めに感じていた。加奈に酷い言葉を投げ付けられる度に、腰の奥の方がかっと熱くなってくる。

「あっ、今、また濡らしただろう。パンツの染みが今、ぴゅっと広がったよ。本当にどうしようも無い牝豚だね、あんたは」

「い、言わないでぇ。お願いだからもう、言わないでぇ」

あまりの辛さ、恥ずかしさに、由布子の目から涙が一筋流れ落ちてくる。それでも加奈はいたぶりを止めない。由布子の体の淫らな炎も、その勢いを増していくばかりだった。

（酷い。源次さん、酷い）

　たった二回の調教で、由布子の体はマゾの悦びを教え込まれてしまった。源次のせいで、由布子の体はこんなに淫らな浅ましい体になってしまった。

「ううう っ！」

　アクメへの大きな波の訪れを感じて、由布子は身を震わせた。源次のことを思い出すことで、由布子の官能の炎は、さらに大きく燃え上がる。

「い、いくっ！　もう、もう、いくうっ！」

「駄目だ！　今いったら、あの写真をばら撒《ま》くよ！」

「そ、そんな……」

「あんたはもう、私の飼い犬なんだからね。私がいいと言うまで、いかせないよ。もしいったら、本当にあの写真をばら撒くから！」

　そう言いながら、加奈は指の動きを激しく、速く変化させていった。由布子の体が、辛そうに踊る。

「ああっ！　く、くううっ！　お、お願い、本当に、ああ、本当に」

　脂汗を流しながら最後の瞬間に耐えている由布子の様子を眺めながら、加奈はまた、残忍な笑みを浮かべる。その目付きは、本当に由布子のことを犬以下の存在と見下しているように見える。

「由布子、お預け！」

「は、はあああっ！」

加奈の悪戯の動きはさらに激しく、由布子を追い詰めていく。由布子は両手で自分の髪を掻き乱したり、狂ったように頭を振りたくったり、自分の腕に噛み付いたりして、なんとか最後の瞬間を防いでいる。息はフルマラソンを走り切ったように乱れ、ふいごのような息吹が呻き声を伴って吐き出される。目は飛び出しそうなくらいに見開かれたり、また、耐えるように固く閉じられたりを繰り返している。時々、許しを乞うように加奈のことを見詰めるが、すぐにまた突き上げてくるものの激しさに負けて頭を反らしてしまうのだ。

脚も手も体も、一時も止まること無く蠢き続ける。伸び、反り、縮む。捩れる。揺れる。

だが、さもしいことには、加奈に嬲られている股間だけはほとんど位置を変えていない。

すっかり快楽の虜《とりこ》になってしまった由布子の体は、いってはいけない、これ以上感じてはいけないと分かっていながら、より大きな快楽を求めて加奈の指に媚びてしまう。

「どう？　苦しい？　それとも、まだがんばれそう？」

由布子はまた、狂ったように頭を振る。

「駄目ぇ！　本当に、もう駄目ぇ！」

「もう勘弁してほしい？　いかせてほしい？」

由布子の頭が、狂ったように縦に振れる。

「そう。じゃあ、これが最後の命令。これができるなら、いくのを許可してあげる」

「な、なんでもするっ！　なんでも、するからぁっ！」

「そう。良い子ね。じゃあ、最後の命令を言うわね」

一瞬、加奈は指の動きを止める。ぞっとするような冷たい口調で、加奈は言った。

「由布子。あんたは、昭彦さんと離婚するの」

由布子の顔が驚きで強張る。あれほど欲情に痴れ狂っていた体の動きが、ぴたりと止まる。

「い、いや！　そんなこと、でき……、ああああっ！　あ、あはあっ！」

拒否しようとする由布子の言葉を打ち消すように、加奈は指責めを再開した。たちまち由布子はまた、官能地獄の真っ只中に突き落とされる。

生まれたての赤子のように、由布子は手足を縮こまらせ、震えている。あまりに強烈過ぎる感覚に、動くことさえできない。

ただ、激しいふいごのような息だけは、抑えることもできずに連続して吐き出される。

そんな由布子の様子を、加奈は憎々しげに見詰めている。責め立てる指の動きは、ますます激しさを増してくる。

「いっちゃ駄目だよ、由布子！　私の最後の命令に従えないなら、死ぬまでいかさない！」

「は、はあああっ！　はあああっ！」

「あんたは、昭彦さんにふさわしくない女なのよ！　あの人に本当にふさわしいのは、私！この私なのに！」

「はあああっ！　はあああっ！」

「あんたが、あんたが盗んでいったんだ！　あんたが私から、昭彦さんを！　昭彦さんを盗んでいった！　この、泥棒猫！　この、淫売！」

「はあああっ！　はあああっ！　はあああっ！」

「あんたが別れないってんなら、あんたも昭彦さんも身の破滅よ！　あんたは自分の我《わ》が儘《まま》で、昭彦さんまで巻き添えにする気なの！　どうなの！」

「はあああっ！　はあああっ！　はあああっ！」

断末魔の荒い息を吐きながら、由布子の瞳から涙が一筋伝った。

何度も繰り返した後悔が、また由布子の心を苛む。あの日軽率な行動を取らなければ、こんな不幸に見舞われることは無かった。もし夫が、配偶者の裏切りを知り、そのことが原因で自分の選手生命を絶たれなければならないと知ったら、どう思うだろう。

由布子の顎を捕らえていた手を離し、加奈は由布子の乳首を思い切り抓り上げた。由布子の体が、一段と激しく震える。

「は、はあああっ！　はあああっ！」

「往生際が悪いよ、由布子！　どう考えても、離婚以外に助かる道は無いんだから！　さあ、別れなさい！　別れなさいったら！」

「はあああっ！　はあああっ！」

由布子の頭が、こくこくっと縦に揺れた。加奈の目が、残忍に光る。

「別れるのね？」

「はあああっ！　はあああっ！」

由布子の頭が、もう一度縦に揺れる。

「はあっ！　あああああああっ！」

加奈の指の動きが、急に激しくなる。激しい恨みを叩き付けるように、由布子の股間を乱暴に擦っていく。由布子は半ば白目を剝いて、口の端に泡を溜めながら、激しく全身を痙攣させる。

「さあ、許してあげるわ、由布子！　いきなさい！　いくのよ！」

「ああっ！　あ、あはあああああっ！」

由布子の体が大きく太鼓に反る。叫ぶような大声を上げて、由布子は弾けた。

「あああああっ！　ああああああっ！」

散々堪えさせられた絶頂は、簡単には終わらなかった。由布子は自分で自分の乳房を揉みしだき、股間の敏感な場所を擦りながら、いつまでも声を上げ、身をくねらせ、腰を震わせ続けていた。

ようやく官能の波が収まり、体のいきみが抜けた時、由布子は自分の痴態を加奈に撮影されていることに気付いた。構えていたデジカメから由布子の方に視線を向けると、加奈はにっこり笑いかけてきた。

「とっても素敵だったわ、由布子。さすがに体の熟れた人妻ね。見ていた私まで昂奮しちゃった」

そしてかばんにカメラを仕舞いながら、こう付け加えた。

「もし約束を破ったら、この写真も一緒にばら撒いちゃうからね」

由布子は答えない。激しいアクメの余韻で、まだ頭がちゃんと働いていないようだ。

「期限は二週間よ。それまでに昭彦さんを説得して、離婚届に判を押させるの。それから、マスコミを集めて記者会見。離婚の理由は、適当に考えといて」

玄関で靴を履きながら、加奈は最後にこう言った。

「もし二週間以内に離婚会見を開けなかったら、全部公表しちゃうから。がんばってね」

そして加奈は出て行った。

どこまでも意地の悪い女だった。加奈は玄関のドアをわざと半開きにしていった。もし誰かが通りかかったら、投げ出されている由布子の長く細い脚も、びっしょり濡れたパンティ一枚であとは剝き出しになっている腰も見られてしまうだろう。

由布子がふらつく足で立ち上がって、それを閉めた。そしてそのまま、その場に蹲ってしまった。

加奈の執拗な責めの後遺症で、由布子の体にはまだうまく力が入らない。気力を振り絞ってドアを閉めに来たが、それ以上はもう、動けそうになかった。

ノブに両手でぶら下がるようにして座り込み、ぐったりとドアに寄りかかっている。じっと目を閉じていると、そのまま眠ってしまいそうだった。

だが、体は疲れ切っているのに、頭は冴えて眠れない。これからの由布子と夫の行く末を考えれば、眠ってなどはいられない。

夫とは、別れたくない。今の幸せな生活をこのまま続けていたい。

だが、加奈はそれを許さないだろう。二週間経って由布子が約束を守らなければ、加奈は本気で一切合切を世間に公表するに違いない。加奈は、そういう女だ。

「どうしよう」

言葉にすると、辛さがいっそう胸に沁《し》みてくる。由布子は肩を小刻みに震わせて、泣き始めた。

「どうしよう」

いくら考えても、どうしようも無い。あまりに絶望的過ぎて、由布子の思案では手に余る。かと言って、相談する相手も居ない。事情が事情だけに、夫に相談することもできない。恥を忍んで、親族に相談しようか。それも由布子にはできかねた。

警察に訴えると、かえって世間に知られることになる惧れがある。弁護士に相談しても、加奈が写真を公表することを止めることはできないだろう。

だとしたら、残された道は一つしか無い。

ごそごそと、由布子が動き始める。まるで酔っ払いのように、右に左に体をふらつかせながら、キッチンを抜けて、居間へと入っていく。

由布子は、携帯電話を手に取った。そこには、源次の携帯番号が記されている。

あの日、由布子を脅すために、一度だけ掛けてきた通話記録。由布子はその番号を、昔の同僚で、あまり親しくなかった友人の名前で登録していた。

実際に、掛けるつもりは無かった。ただ、思いがけず残っていた源次の着信履歴に、どうしてもそれを消すに忍びなかっただけだった。

そして今、由布子には源次以外に相談できる相手が居なかった。呼び出し音が数回鳴って、通話が繋がる。受話器の向こうに、もう二度と聞くことは無いと決めていたはずの、源次の声が聞こえる。

「もしもし？」

「もしもし。由布子です」

「奥さん？……どうした。何かあったのか？」

また、迷惑がられると思っていた。邪険に突き放されると思っていた。だが、電話の向こうの源次の声は意外に優しい。べそを掻いた後の由布子の鼻声に、敏感に異変を感じているようだった。

由布子の心の張りがどっと緩んだ。止まりかけていた涙がまた、溢れてくる。由布子はまた、泣き出した。号泣《ごうきゅう》だった。

「奥さん？　奥さん！……由布子、泣いてるだけじゃ分からねえ、落ち着いて話すんだ」

「助けて、源次さん」

そのまま、由布子はその場にへたり込んでしまった。今度は、セックスの余韻による足萎えではない。そのまま床に突っ伏すようにして、由布子は泣きじゃくった。電話の向こうからは、由布子を呼ぶ源次の声が続いている。

「お願いだから、私を助けて。助けてぇ」

我が身の不幸に打ちひしがれて、大粒の涙をぼろぼろ流しながら、由布子の心の奥に甘酸っぱい思いがじわっと滲んでくる。それは男に甘え切った女の心地好い心の痺れだった。

七

仕事を終えて局から家に戻ってきた水口加奈は、コートやスーツをクローゼットに仕舞うと、まるで高校生が着るような可愛いデザインのセーターとスカートに着替えた。自分のキュートな顔立ちの魅力をよく知っている加奈は、自宅では好んで、こういう服を着ていた。

海外出張のお土産に、後輩の男性アナウンサーが買ってきてくれたスウェーデン製のチョコレートを口にほおばりながら、またいつもの写真を取り出して眺める。何度見ても、その写真に見飽きることは無かった。

由布子の浮気を立証する決定的写真。そして、先日加奈に屈服して、散々醜態を晒した時の由布子の写真。それらの写真を、加奈はさも楽しげな様子で、鼻歌を歌いながら一枚一枚眺めている。

（由布子はちゃんと、約束を守るかしら）

だがそれは、加奈にとってはどちらでもよいことだった。むしろ、約束を破ってもらった方がよいかもしれない。

由布子には、公表すれば夫の昭彦も破滅だと脅したが、実際に公表する時には由布子一人を悪者にして、夫は気の毒な被害者だという論調にするつもりだ。長く報道バラエティのアシスタントを務めてきた加奈にとって、その程度の演出は朝飯前だった。

大好きだった柏原昭彦を盗んでいった、憎い西島由布子を破滅させる。この楽しい思い付きに、加奈はここ数日、ずっと上機嫌なのだった。

玄関のチャイムが鳴る。加奈は立ち上がって、インターフォンのスイッチを押す。

「はあい」

「宅配便です」

「はあい。ちょっと待って下さいね」

チェーンを掛けたままドアを開けると、小包を抱えた宅配便業者が立っていた。小さな荷物ならドアの隙間から受け取るのだが、その小包はちょっと大き目だった。

「待って下さい、今開けますから」

いったんドアを閉めてチェーンを外し、加奈は再びドアを開けた。

「ここに、判子をお願いします」

「はい」

下駄箱の上に受取証を置いて判子を押そうとした時、ドアがすっと大きく開いた。ドアの陰に居たもう一人の男が中に入ってくる。人の気配に気付いた加奈が、はっとして顔を上げる。

「だ、誰ですか、あなたは？」

返事の代わりに、男は加奈の口をハンカチで押さえた。加奈の鼻腔の奥に、薬臭い匂いが広がる。

(ク、クロロフォルム？)

そしてそのまま、加奈の意識は遠のいていった。

再び目を覚ました時、加奈は縛られていた。後ろ手に縛られた両手はパイプ椅子の背凭れに固定され、両脚は大股開きの状態で左右の脚に縛り付けられている。

初めは何が何だか、訳が分からなかった。そのうちに、自宅で暴漢に襲われた記憶が甦ってきた。

見回すと、加奈は五、六人の男たちに囲まれている。正面に、三脚で固定されているビデオ・カメラがある。これから起こるであろう禍々《まがまが》しい出来事を想像して、加奈は身震いした。

「誰？　あなたたち、何なの？」

「騒いでも無駄だよ、お嬢さん」

リーダー格の男が、加奈の気丈な言葉に答える。男は、銀星会若頭の鮫島だった。

「いくら大きな声を出しても無駄だ。外には聞こえない。そのことは、あんたが一番よく分かっているはずだ。そうだろ？」

はっとして、改めて周りを見回す。貯金をはたいて作ったオーディオ・ルームの中に居ることに、加奈は初めて気が付いた。

「あなたたちいったい誰なの？　私をどうするつもりなの？」

「あんたに何をするつもりかって？　お仕置きだよ」

「お仕置き？」

「あんた、柏原由布子さんを脅していただろう？　駄目だよ、堅気のお嬢さんが恐喝なんかしちゃ」

「そ、そんなこと、あなたたちに関係無いことじゃないの」

「ところが大ありなんだ。あんたが摑んでいるネタを公表されると、俺たちが困るんだよ」

加奈の顔から血の気が引いていく。するとこの男たちは、由布子が出入りしていた暴力団の構成員なのか。

「あんたが頼んだ興信所の方とはもう、話が付いた。あの事務所に保管してある書類も記録も、全部処分してもらったよ。なかなか話の分かる探偵だった」

「分かったわ」

加奈は震えながらも、鮫島の目をまっすぐ見据えて言った。

「後はわたしの手元にある資料だけという訳ね。ちゃんとお渡ししますから、私を解放して下さい」

「お嬢さんが寝ている間に、家《や》捜しさせてもらってね。それもう、見つけてあるんだ」

鮫島は、興信所の封筒をひらひらと振ってみせる。加奈の顔色が、ますます青くなっていく。

「私が持っているのはその封筒の中のものだけです。それ以上、何もありません」

「怖いのは、あんたの口なんだよ、お嬢さん。女はおしゃべりが、好きだからなあ」

「言いません」

必死で頭を振りながら、加奈が訴える。

「絶対に、誰にも言いませんから」

「あいにく、口約束を鵜呑みにするほど素直な質じゃあねえんでね」

鮫島が立ち上がる。と、同時に、二、三人の男たちが加奈のそばに寄ってくる。

「これから、あんたが人に絶対に見られたくないようなビデオを撮影する。今回の件について口外したことが知れたら、それをばら撒く」

「そ、そんな！」

「心配するな。約束を守ってさえいりゃ、誰に知られることも無い。公平だろ？」

「わ、私が局に出社しないと大騒ぎになるわ」

加奈は必死で叫んだ。

「私はちょっと着替えに戻っただけなんです。時間通りに出社しなかったら、きっと大問題になります」

「ポジティブだなあ、お嬢さん」

鮫島が、感心したような口調で言う。

「決して諦めないで、わずかでも可能性があれば望みを捨てない。いい心掛けだよ。見習いたいものだな」

そして鮫島は、一枚の書類に目を通した。

「だが、あんたは先週の休日出勤の代休を取っている。今度出社するまで、二十四時間以上あるってことだ」

加奈は、言葉を失った。なぜこの男は、そこまで知っているのだろう？　呆然としている加奈の様子を見て、鮫島はにやりと笑った。

「あんたに要らぬことを教えた興信所が、罪滅ぼしに調べてくれたのさ。律儀な奴だろ？」

心当たりがある。新しい事実が判明したとかで、加奈はまた、興信所の探偵と会う約束をしたのだ。その時、加奈と探偵の都合がなかなか合わなくて、結局加奈は、十日先のスケジュールまで、全部探偵に教えてしまった。今鮫島が見ている資料は、それを元に探偵が作成したものに違いない。

「あっ！　い、いや！」

加奈の身に着けていたスカートが捲られる。反対側の男の手が加奈の内股を這う。穿いていたパンティ・ストッキングはすでに剝ぎ取られていることが、内股を這う手の感触で分かった。

ジーッという音が始まる。撮影が開始されたのだ。せめて顔が映らないようにと加奈は横を向いたが、後ろに立っている男に無理矢理前を向かされた。

「うちの組には女扱いのすごくうまい奴が居てな、こういうことは本来、そいつの担当なんだがな。あいにく今日は野暮用があって、来られなくてよ。無骨な野郎どもばかりで、申し訳無いなあ」

「その分、私ががんばるわよ」

鮫島の後ろから、おっぱいの大きい少女がしゃしゃり出てくる。以前に由布子が陵辱された時に、彼女をマンションまで送っていった、杏と呼ばれる少女だった。

「お姉さん、美人だよね。杏、お姉さんみたいなタイプに憧れちゃうなあ」

加奈はうっと呻き声を上げる。服の上から乳房を、いやらしく撫でられたのだ。

「や、やめなさい。こんなことして、ただで済むと思ってるの？」

「今までは、ただで済んでたわよね？」

杏がとぼけた調子で、後ろのやくざたちに同意を求める。取り囲んだやくざたちの間から笑いが洩れる。

「それにしても、気の強そうな姉ちゃんだなあ」

「こういう気の強い女は、早めに出鼻を挫《くじ》いておいた方がいいんじゃねえですか？」

「そうだな。おい、ご開帳だ」

「わあ、すっごいせっかち」

言いながら杏は、捲り上げられたスカートの下のパンティの、股繰りの辺りを横にずらした。布で隠されていた、加奈の一番恥ずかしい場所が、白日の下に曝される。

「い、いやああ！」

「ごめんね、お姉さん。すっごく恥ずかしいよね。セックスで昂奮してる時はなんでもないのに、普通に見られたらめちゃくちゃ恥ずかしいでしょ？」

加奈は答えない。あまりに狼狽えてしまって、杏の言葉も耳に入らない。

とにかく、曝け出された恥ずかしい場所を隠してしまいたい。必死で脚を閉じようとするのだが、縛り付けられた両脚は閉じることができなかった。上半身を捩って隠そうとするのだが、固定された上半身は動かなかった。加奈に許されているのは、頭を振り動かすことと、声を上げ続けることだけだった。

固定されているビデオ・カメラの隣で、新しい機械音が鳴り始める。ハンディ・タイプのカメラを抱えたやくざ者が、加奈の股間にじりじりと近付いてくる。自分の性器が大写しにされると知って、加奈は完全なパニック状態に陥ってしまった。

「ああああ！　い、いやあ！」

わめき声が号泣に変わる。加奈の顔は、あっという間に涙でぐしょぐしょになる。

そんな加奈に、杏がさらに追い討ちを掛ける。

「ほら、映しやすいように、あたしが手伝ってあげるよ」

杏の指が、加奈のそこを左右に開く。大陰唇が口を開いて、ピンク色の奥の粘膜が曝け出される。加奈の体が身悶えして、号泣する声が一段と激しくなる。

「おい、杏。あんまり刺激するんじゃねえ。みろ、泣き出しちまったじゃねえか」

「だってえ、お姉さん、反応が大きくって面白いんだもん」

「うるさくて仕方が無え。ほら、これで引導を渡してやれ」

鮫島が、なにやら怪しげな軟膏の小瓶を杏に投げて寄こす。杏はその中身を、加奈の陰部に丁寧に塗りたくっていく。杏の指が触れる度に、加奈の体は悶え、泣き声がいっそう大きくなる。

ふと、加奈の泣き声が途切れた。はっと息を吞み、加奈の腰がぶるぶるっと震える。驚いた様子で目を大きく見開いたまま、加奈は怯えたような声を出した。

「な、なにを、いったい私になにをしたの？」

「どう？　変な感じ？」

杏の問い掛けに、加奈は素直に頷いてしまう。

「あそこが、すごく熱くなってる？」

加奈が頷く。杏は、加奈の耳元に口を近付けていく。

「触ってほしくて、むずむずする？」

加奈は黙って顔を背ける。だが、さあっと首筋まで赤くなっていくさまが、杏の言葉の正しさを証明している。

「それは、催淫クリームさ。いわゆる、媚薬って奴だ。どんなに貞淑な人妻も娼婦に変えてしまう、強烈な奴だ」

「娼婦になっちゃうんだって。お姉さん、また、恥ずかしいところを見られちゃうね。どうする？」

加奈は顔を背ける。だが、薬に痺れた腰は加奈の意思に関係無く、勝手に踊り始めている。

「姉ちゃん、動きがいやらしいぜ」

鮫島が言うと、やくざ者たちがどっと笑う。悔しそうに唇を噛む加奈だったが、息はどんどん荒くなり、腰の動きはますます淫らになっていく。

「お姉ちゃん、辛そうだね。触ってほしくて触ってほしくて、堪らないんじゃない？」

「ううっ、ほ、ほっといて」

「ほら、この辺に触ってほしくて、堪らないのよね」

「くっ！　ううっ！」

杏は、わざと急所を外して、大陰唇の外側の皮膚を指でなぞる。指の方向に腰を動かしてしまいそうになる加奈だったが、意思の力でぐっと我慢する。

思いの外強情な加奈の様子に、杏の目が意地の悪い光り方をする。

「ほら、この辺を触ってほしいんじゃない？」

「あっ！　ああああっ！」

今度は、急所のど真ん中を責めた。加奈の割れ目をお尻の方から前に向かってすうっとなぞり、最後に指先でクリトリスをピンと弾いていった。加奈の全身ががくがくっと震える。剝き出しになっているお尻の穴がきゅうっと窄んだ。

だが、杏はそれ以上加奈を責めようとはしない。ほんの一瞬満たされた官能は、かえって加奈の欲情を煽る結果になった。

「はあ、ああっ！」

なにもされていないのに、自然に声が出る。今度こそ、加奈は官能に負けそうになっている。腰の動きはますます淫らになっていくし、全身がうっすらと朱に染まり、肌は噴き出してきた汗でぬめぬめと光り始めている。

そんな加奈の変化に、杏はどうだと勝ち誇った様子で、後ろに立っている鮫島の方に目をやる。鮫島は困ったような、照れたような顔で笑い返す。

「どう？　鮫島さん、いやらしいでしょ？」

「本当だな」

「もっといやらしいところを見せてあげるから、楽しみにしててね」

「お前、だんだん源次に似てきたな」

「それって褒めてるんだよね。ありがと」

そして杏は、男性のペニスを模《かたど》ったバイブレーターを取り出した。

「お姉さん、こういうの、見たことある？」

杏に見せられたものに、思わず加奈は顔を背ける。その加奈の顎を摑んで、杏はぐっと上に持ち上げる。突然、乱暴な動きを見せた娘に、加奈は狼狽えた声を上げる。

「あたしのお〇んこに、その玩具《おもちゃ》を入れて下さいと言ってごらん」

「そ、そんなこと、言えません」

娘の乱暴な口調、乱暴な仕草に、加奈は思わず下手に出てしまう。なにをされるか分からないという恐怖が、加奈の言葉を敬語にさせる。

杏はもう一度、加奈の顎をぐっと押し上げる。加奈の口からああっという声が洩れる。杏は押し上げた加奈の顎を、右に左にと揺り動かす。

加奈の顔に、恍惚とした表情が浮かぶ。セックスの最中にするような頭の動きを強要されて、性的な昂奮を引き起こされてしまったらしかった。

「言うんだよ。さあ、言ってみろ！　あたしのお〇んこに、玩具を入れて下さい！　ほら！言うんだよ！　言え！」

「わ、私の」

「お○んこ！」

「わ、私のお○んこに、玩具を、入れて、入れて下さい。あっ！　ああああっ！」

加奈の言葉をきっかけに、杏は本当にバイブを突っ込んだ。加奈の膣の中で、電気音がブウンと響く。ゆっくりと、それでいて膣の中のあちこちを刺激するようないやらしい動きで、杏はバイブを動かし続ける。

「あ、ああっ！　い、好いっ！」

「好いの？　お姉さん。そんなに、好いの？」

「い、好いです。あ、ああっ！　す、すごいぃ！」

加奈の体が、ぐうっと反る。媚薬で痺れ切った体は、あっという間に絶頂に追い上げられてしまった。杏がバイブのスイッチを切って、加奈の全身の力が抜け去った後も、お腹の辺りの筋肉だけが、ぴくん、ぴくんと痙攣を繰り返している。

「いっちゃったの、お姉さん」

目を閉じたままの加奈の頭が、縦にかくかくと揺れる。

「よかった？」

再び、加奈の頭がかくかく揺れる。

「でも、ちょっと物足りないんじゃない？」

「…………」

「女だものね。あんな機械じゃ、満たされないよね。本物の男に、入れて欲しいよね」

加奈は答えない。答えの代わりに、恥ずかしそうに顔を赤らめてみせる。そんな加奈の耳元に、杏が囁く。

「あたしのお〇んこに、〇んぽ突っ込んで下さいって言いなよ」

「ああっ！」

杏の口にした卑猥な言葉に、加奈の体が反応する。体の奥に、ずんと重いものが落ち込んで、まだ薬の効いている股間からぬるっとした愛液が滲み出す。

加奈の前に、極道の一人が立った。既に下半身に着けていたものは全て脱ぎ去っている。裸の股間の真ん中に、青筋を立てて勃起した男根がそそり立っている。

思わず、加奈は生唾を呑んだ。薬の作用ですっかり牝になりきっている加奈は、躊躇無くその一物を欲しいと思った。

「突っ込んで下さいって頼んだら、入れてくれるってさ」

また杏が、耳元で囁いた。そして加奈の耳の穴の中に熱い吐息を吹き掛けた。加奈の体がぶるぶるっと震える。

「わ、私の、お〇んこに、お〇んぽを、く、下さい」

目の前の極道が、勝ち誇ったように笑い、そして、加奈の上に覆い被さってきた。股間に割り込んできた熱い肉棒の感覚に、加奈は思わず大きな声を出し、切なげに身悶えた。

「いいか。中に出すんじゃねえぞ。面倒なことになるからな」

「分かってまさあ。この別嬪《べっぴん》さんの顔に、ぶっ掛けてやる」

鮫島と男のやり取りを遠くに聞きながら、加奈が目を開ける。今加奈の中に入ってきている男の後ろに、他の男たちが列を作って待っている。どの男も下半身を剝き出しにして、いつでもできるように股間を刺激して屹立させているのが見える。

(ああ、私は、これからこの男たちに順番に犯されるんだわ)

加奈の目から、悔し涙が一筋伝う。ほんの数時間前まで考えも付かなかった運命の変転に、加奈は絶望の涙を流した。

(由布子のことなんか、放っておけばよかった)

考えてみれば、あの真面目で小心者の由布子がやくざの組と関係を持つなど、尋常のことではなかった。きっと由布子も、今の自分と似た運命を辿っていたのだ。

放っておいても、由布子は身の破滅だったんだ。なにもしなくても、由布子と柏原さんは別れていたに違いない。先走りをして、自分まで破滅の道に足を踏み入れてしまった。

「あああっ！」

股間から込み上げてくる激しい快感に、加奈は身悶えした。ほんの一瞬戻ってきた理性も、あっという間に吹き飛んでしまった。

薬の作用で敏感になっている股間に、男のピストン運動の刺激は激し過ぎた。一突きごとに加奈の体は仰け反り、悶え、声を上げた。加奈の反応に気を良くした男は、ますます張り切って腰を使い続ける。加奈の目から随喜の涙が溢れ出してくる。股間から溢れ出してくる愛液は、男根との摩擦で泡立ち、白く濁ってお尻の辺りに垂れてきている。

加奈の頭が後ろに反る。反対にお尻は、ぐぐっと前に突き出てくる。

「ああああっ！　い、いく！　ま、また、いくぅ！」

「おおおうっ！　し、締まる、締まるぞう！」

男は急いで一物を引き抜き、断末魔に震えているそれを加奈の顔の前に突き出した。ピュッと勢い良く吐き出された密度の濃いスペルマが、加奈の頰にぶちまけられた。精液独特の匂いが、加奈の鼻腔の奥を刺激した。

精液の匂いを、加奈は以前から嫌っている。だが、好みとは別の部分で、それは女の本能を刺激する匂いでもある。顔の周りに立ち込めて消えない匂いは、加奈をいっそうの獣《けだもの》にした。次の男が入ってきた時、加奈は自分から腰を使っていた。

「ああああっ！　い、好い！　好いぃ！」

男が入ってきたとたん、加奈はいってしまいそうになった。直前の絶頂の余韻と、鼻先に匂い続けるスペルマの匂いに、加奈は酔っていた。

全身がぶるぶると震える。歯の根も合わず、がちがちと音を立てている。白目を剝いた顔は既に放心状態で、突き上げてくる快感に反応して時々、わあっとか、くうっとか悲鳴を上げる以外は、まったく反応が消えてしまった。

それでも、次々と色々な男に刺し貫かれ、突き上げられ続けて、加奈は何度も絶頂を迎える。その瞬間、加奈の意識は戻り、この可愛らしい娘がこんな声を上げるのかと思うような凄まじい声で絶叫し、体をのたうたせ、全身を硬直させて男を締めつけるのだった。

だがすぐにまた放心状態になり、加奈は男のピストン運動に反応するだけの自動人形になってしまう。あまりに激し過ぎる官能の嵐が、加奈の感情や意思を奪ってしまうのだった。

そうして加奈は、その場に居る男たちに順番に犯されていった。若頭の鮫島を残した全員に、加奈は犯されたことになる。

加奈の上半身は、すでに色々な男のスペルマでどろどろになっている。顔は薄いゼラチンの膜で覆われたようになっているし、胸にもお腹にも、あちこちに白濁した男の精液が飛び散っている。そして股間には、加奈自身が分泌した、白濁した濃密な愛液がべっとりとこびり付いている。加奈の全身は、男の精液の匂いと女の愛液の匂いが綯い交ぜになったいやらしい香りに包まれていた。

男が去った後も、加奈の腰はかくかくと動き続けている。それはまるで、次の男が入ってくるのを待ち侘びているような動きだった。

時々、お腹の筋肉が痙攣する。眉間に切ない皺が寄る。さっきまでの官能の余波がまだ去らずに、時々加奈の体の奥から突き上げてくるらしかった。

そんな加奈の両脚を、鮫島が持ち上げる。加奈は呻くように、もうやめてと呟いたが、もとよりそれで許されるとは思っていない。辛そうに横を向くと、新たに始まる陵辱になんとか耐えようと身構える。

その加奈の顔が、驚愕で歪んだ。最後に突っ込まれたペニスは、さっきまでの男たちの誰のものよりも大きかった。加奈の膣の中は、たちまち鮫島の肉でいっぱいになり、張り裂けそうになる。

「や、やめて、壊れる、壊れちゃうぅ！」

「うおおおっ！」

鮫島にしてみれば、そんな哀願のセリフは聞き飽きている。それでおとなしく引っ込んでいたのでは、鮫島のような男は一生女とする機会が無くなってしまう。加奈の言葉を無視して、鮫島はどんと奥まで一気に突き上げた。

「ぐっ！　うぐうっ！」

巨大な一物が加奈の子宮を突き上げる。頭の中で火花が散った。痛みを伴う強烈な快感が、加奈の体を縦割りにした。

そこから先は、いついったのかいかないのか、加奈自身にも定かでない。鮫島は力任せに激しく、荒々しく、加奈の体を突き上げ続けた。加奈は絶叫し、全身を慄《ふる》え戦《おのの》かせ、目から涙を、口から涎《よだれ》を、膣から愛液を垂れ流しながら、何度も何度も、もう数え切れない程にいき続けた。ようやく鮫島が終わって加奈の腹部に精液を注いだ時、加奈はすでに失神していた。


数時間後、ようやく加奈が目を覚ました時、男たちはもう居なかった。部屋にはビデオ・テープと手紙が残されていた。テープには加奈が陵辱された一部始終が録画されていたし、手紙にはこのテープがマスター・テープではないこと、もし由布子の秘密が洩れた時にはこのテープがばら撒かれることなどの内容が書かれていた。

立ち上がる。意思を持たない自動人形のように、加奈は浴室に入り、シャワーを浴びた。男たちのスペルマを、自分自身の愛液を、そして汚されてしまった肌の穢《けが》れを、加奈はいつまでも流し続けていた。

やがて、浴室から、加奈の啜り泣きの声が洩れてくる。その後もしばらく、加奈は浴室から出てこようとはしなかった。

八

「それじゃ、お疲れ様でした」

「お疲れ様。あ、奥多摩の事件の資料、よろしく頼むね」

「ええ。ちゃんと揃えておきますから」

「よろしく。それじゃ」

「お休みなさい」

番組のディレクターと地下駐車場で別れると、水口加奈は自分の車を停めている駐車スペースに向かって歩き出した。途中、ディレクターの車が後ろから加奈を追い越していく。ディレクターはちょっとクラクションを鳴らして加奈に軽く手を振った。加奈も、ディレクターに向かって微笑みかけ、頭を下げて挨拶をした。

ドアを開いて運転席に座り、シートベルトを装着して、ドアを閉じようとして気が付いた。誰かが手を置いて、ドアが閉まらないようにしている。

それが誰か気が付いて、加奈の顔が強張った。慌てて辺りを見回したのは、その男と会っているところを人に見られたくないからだ。

「よう、久し振りだな」

銀星会の若頭鮫島は、笑うと人懐っこいいつもの笑顔で加奈に話しかけてきた。だが、加奈の表情は強張ったままである。

「困ります。こんなところまで押しかけてこられては」

「あんなことがあって、ショックで会社は休んでいるかと思ったら、ちゃんと出勤して仕事をしているそうじゃないか。全く、気の強い女だな、あんたは」

「いったい、何の用なんです」

「いや、あんたとちょっと、ドライブしたいと思ってね」

そういうと、鮫島はさっさと加奈の車の助手席に乗り込んできた。加奈の顔が怒りで引き攣る。

「本当に、困ります！」

「例のビデオをばら撒かれたらもっと困るんじゃないか？」

加奈は言葉に詰まる。

「とにかく、発進させてもらおうか」

仕方無く、加奈は車をゆっくりと動かし始める。二、三台離れた場所から黒塗りの車が現れて、加奈の車の後ろにピタリと付いた。車の中には、いかにもヤクザ者らしい男たちがズラリと並んでいる。

「私、すぐに局に戻らないといけないんです。でないと、疑われます」

「あんたの次の出勤は明後日の朝だ」

鮫島は、またも加奈のシフトをピタリと言い当てた。

「俺たちの情報源は、あの私立探偵だけじゃないんでね。このテレビ局の中にも俺たちに協力してくれる人間は居るんだよ。煙草、吸っていいかな？」

鮫島は、加奈の返事を待たずに、煙草に火を点けた。

「例えば、あんたは西島由布子の写真を持っている。いや、分かっている。あの日、その写真は全部俺たちが取り上げた。だが、仮にまだ、どこかに隠し持っていたとする。分かってるよ、あくまで仮の話だ」

鮫島は、話に割り込んでなんとか弁明しようとする加奈の言葉を何度も遮った。

「で、もしあんたが俺たちを出し抜いてその写真を番組で公表しようとしたとする。ああ、次の交差点で、右に曲がってくれ」

加奈は、指示通りに車を右折させる。

「でも、俺たちはちゃんと、事前に情報をキャッチできる。で、放送される前に局内に持ち込まれた資料を処分することができる」

そこまで言って、鮫島は再び加奈に笑いかけた。

「その程度の力は、持ってるんだよ、俺たちもな」

加奈はもう、泣きそうになっている。自分がどんなに恐ろしい相手に手出ししてしまったのか、改めて思い知らされた。

いったいこれから、どうなるのだろう？　この男たちは、自分をどうするつもりなんだろう。

加奈の心を読んだように、鮫島はこう口にした。

「安心しな。今日はあんたに何をするつもりも無い。ただ、ちょっと見せたいものがあるんでね。あ、次の三叉路《さんさろ》を、左だ」

何が始まるか分からないまま、加奈は車を走らせていく。


少し離れた有料駐車場に車を入れさせて、鮫島は加奈を連れて少し歩いた。後続の車のメンバーが周りをぐるっと囲んでいる。加奈は人目が気になって仕方が無いが、鮫島たちには逆らえない事情もある。大人しく後を随いていくしかなかった。

到着したのは、スナックやバーが並んでいる雑居ビルである。ボディ・ガードがエレベーターで最上階のボタンを押す。降りるとそこには、なにやら謎めいたドアがあった。

入ると、中はバーのような造りになっていた。右の壁側にカウンターがあり、奥に半円形のステージが設置されている。店の空間いっぱいに配置されているテーブルはみな、この円形ステージを囲うように並べられていた。

天井から下がっているミラーボールが、赤や青の小さい光をぐるぐる回している。この部屋の光源は、このミラーボールだけだった。

円形ステージの上は異様な雰囲気だった。舞台をアーチ型に囲んで、工事現場の足場のようなものが組まれている。そこから幾つか、ロープを通す登山用のカラビナがぶら下げられている。舞台の背後は大きな鏡になっていて、そこからミラーボールの光が反射されている。

何より不気味なのは、舞台上手に設《しつら》えてあるX字型の磔台《はりつけだい》だった。四箇所に手枷《てかせ》、足枷が付いていて簡単に人間を拘束できる仕組みになっている。

加奈は怯えた顔で鮫島を見た。自分が、その磔台に上らされると思ったのだ。

「言っただろう。今日はあんたに何をするつもりも無い。今日の主役は、ほら、もう舞台に上ってる」

言われて加奈は目を凝らす。すると、確かに、床の上に誰かが寝ている。

「あっ！」

それは、縛られて転がされている全裸の女性だった。

「くっ！　むむうっ！」

猿轡《さるぐつわ》を咬《か》まされている女性は加奈の姿を見て身悶えして恥ずかしがっているようだったが、やがて、観念したのだろうか、横を向いておとなしくなってしまった。

「どうだい、刺激的だろ？」

「いったい、あの人をどうするつもりなのよ。私に何をさせるつもりなの？」

「いいから、随いてきな。こっちだ」

左手の壁に、従業員出入り口という風情のドアがある。鮫島はそのドアの中に、加奈を招き入れた。

中に入ると、そこにはさらに二つのドアがある。ボディ・ガードたちは正面のドアの中に入っていった。鮫島と加奈の二人だけは、右手にあるドアから中に入った。

入ると、そこは真っ暗だった。鰻の寝床のように細長いスペースが奥まで続いていて、そこから右に折れている。どうやら、さっきの舞台の裏に続いているらしい。

回り込んだところに、さっきの部屋の様子が一目で見渡せるガラス窓が嵌《は》め込まれている。ちょうど舞台の鏡の大きさだった。鏡はマジック・ミラーになっていたのだ。

ガラス窓に面する形で、長椅子とテーブルが置いてある。下を見ると、さっきの全裸で縛られて転がされている女が間近に見える。どうやら、この椅子に座って女が責められるのを観賞するという趣向らしかった。

「暗くてすまないな。照明もあるにはあるんだが、点けると隣の部屋からこちらが見えちまうんでな」

「やはりマジック・ミラーなのね」

「まあ、座りなよ」

鮫島に促されて、素直に座る。鮫島がどこかのスイッチを押すと、奥の壁面でブーンという音がして、換気扇が動き出す。狭苦しい空間の澱《よど》んだ空気に、流れが生じた。どうやら隣の部屋の換気扇も連動して動く仕掛けになっているようで、隣の部屋の裸女は、突然の音に驚いたように身動《みじろ》ぎして、上を見上げた。

加奈の隣に座った鮫島は、テーブルの上の灰皿を早くも引き寄せると、煙草に火を点けた。車の中で煙草の火を消してからいくらも時間が経っていない。どうやらこの男は、かなりのヘビー・スモーカーらしい。

「もうちょっと待ってくれるかな。そろそろ、役者が揃うはずだ」

「いったい、何が始まるの？」

「まあ、お楽しみだな。きっとあんたにも気に入ってもらえると思うぜ」

その時、携帯の呼び出し音が鳴った。鮫島はポケットから取り出した携帯電話を耳に当てる。

「もしもし。ああ、こっちも準備オーケーだ。ご案内してくれ」

電話を切った後、鮫島はもう一度、加奈に笑いかけてきた。

「楽しみにしてな」

ドアが、開いた。入ってきたのは、筋肉質の中年男だ。ノー・ネクタイのYシャツの上からブレザーを着込んでいる風情がいかにも胡散臭《うさんくさ》い。片手に大きなスポーツ・バッグを抱えている。男の顔を見たとたんに狼狽える女の様子から、彼女を裸にして縛り上げたのはどうやらこの男らしい。

中年男に続いてもう一人、筋肉質の男が入ってくる。その顔を見て、加奈はあっと声を上げた。

それは柏原昭彦だった。

「昭彦さんには手出ししないで！　お願い！」

「しっ！　大きい声を出すな。向こうに声が聞こえちまう」

「いったい、彼に何をするつもりなの。やめて！」

鮫島は、すけべったらしい顔でにっと笑った。

「ここでお楽しみの邪魔をしたら、あんた、昭彦さんに嫌われちまうぜ」

加奈のまねをして「昭彦さん」と呼ぶ声の調子が、いかにも加奈をからかっているようで、加奈はむっとして黙った。他人の主人に横恋慕している自分のことを、非難しているように聞こえたのだ。

その時、向こうの声が聞こえてきた。どうやらマイクが仕込んであるらしく、不自然にクリアな音だった。

「じゃあ、始めやしょうか」

「もう一度、縛り直していいか？」

「今日は、このままでいきやしょう」

柏原は一瞬、不満そうな顔をしたが、中年男は構わず準備を始める。スポーツ・バッグの中のものをその場にぶちまけると、麻縄やら、鞭やらがその場に転がり出してきた。加奈は目を丸くした。

「昭彦さんを、縛るの？」

「昭彦さんが、縛るんだよ」

加奈は呆然とした。あの爽やかなスポーツマンの昭彦さんがそんな変態プレイに興味を持つなんて、信じられない。

だが昭彦は、迷わず床の麻縄を一束摑んで、裸の女を抱え起こした。女は、うむっうむっと呻き声を上げながら、いやいやを繰り返す。

背中の結び目に縄を繋ぐと、昭彦は立ち上がった。上から下がっているカラビナの輪の中にロープを通す。昭彦が縄尻を引くと、女は縄に引かれるように半立ちになり、やがて爪先《つまさき》立ちになる。

「それじゃいけねえ」

女の背中でなにやらごそごそしている昭彦に近付きながら、例の中年男が声を掛ける。昭彦の手から縄を取ると、改めて縛り直し始めた。

「あの男は源次と言ってな、超一流の調教師だ」

鮫島が言う。調教師という言葉の禍々しさに、加奈は思わず顔をしかめる。

それにしても、そんないかがわしい男相手に、柏原昭彦は一体何をしているのだろう。マジック・ミラーの向こうで、柏原選手は真剣な目付きで源次と呼ばれる男の手元を見詰めている。

「女を吊るすってのはね。ただ縛るよりも、何十倍も危険なことなんでさ。だから、細心の注意を払わなけりゃならねえ」

源次と呼ばれる男は、一度縛った縄をまた解《ほど》いた。受け取った昭彦が、見よう見真似で縛り直す。

「それでいい。じゃ、今度は右足にいきやしょうか」

「あ、ああ」

昭彦は、女の足首に縄を巻いて引き上げる。女の右脚は後ろ向きに高々と引き上げられ、恥ずかしい場所が加奈の目の前に剝き出しになる。加奈は困ったような顔で俯いた。

右足を縛った縄はまた天井に回され、戻ってきた縄は太腿に留められる。続いて、左足も縛ると、女の体は完全に宙に浮いてしまった。

「どうだ、先生。悪くないだろ」

「ああ、大したもんでさ」

縄目や全体のバランスを仔細に点検しながら、源次はそう呟いた。

「やはりスポーツ選手は勘がいいな。覚えが早い」

「ぐふうっ！」

吊るされた女が呻く。昭彦が、女の股間に顔を突っ込んでクリトリスを舐め始めたのだ。

眺めている加奈の顔が、険しくなってくる。

嫉妬もある。自分の目の前で惚れた男が他の女のあそこを舐めているのをじっと見ていなければならないのは、あまりに屈辱的で耐えがたかった。

だが、なにより辛いのは、女の股間を必死で舐めている昭彦の姿の浅ましさ、みっともなさだった。

股間を舐めながら女の双つの乳首を摘もうとしている昭彦は、高さを合わせるために中腰のへっぴり腰になっていた。腕を少しでも伸ばそうと胸を突き出し、頭を上に傾けて懸命に腕を伸ばしている。必死で閉じようとする女の脚に挟まれて、昭彦の顔はひしゃげている。そのひしゃげた顔のままで舌を伸ばそうとするので、顎は受け口になって、口元から少し涎が垂れていた。

加奈は堪らず、目を閉じる。

(お願い、昭彦さん、もうやめて)

「目を閉じないでしっかり見てみろよ。ほら、あんたの昭彦さんが、あんなに必死で女を責めてるぜ。スポーツ選手ってのは、なにをするにも全力投球なんだな」

「むっ、むふううっ！」

女が、断末魔の叫びを上げる。どうやら、昭彦の舌技でいかされてしまったらしい。宙吊りのままぐったりとしてしまった女の様子を、柏原昭彦は呆然として眺めている。

そして、源次の方に顔を向ける。

「む、鞭を使ってもいいかな」

「どうぞ」

源次は、床に転がっているバラ鞭を拾って昭彦に手渡した。柄を握った昭彦が、それを構える。昭彦の目に狂気が宿った。加奈の前では一度も見せたことの無い、鬼の形相だった。まるで自分に向かって鞭を振り下ろそうとしているように思えて、加奈は身を縮める。

ピシィッ！

「くううっ！」

口を塞がれた女は、苦悶の声を洩らす。必死で身を捩り、頭を振りたくる。鞭の音がする度に、加奈の体が縮み上がり、腰が引けてくる。

「鞭の使い方も、うまくなりやしたね」

鬼の形相だった昭彦が、後ろを振り返ってにこっと笑う。

「そうかい」

加奈は気付いていないが、昭彦は鞭の先に体重を乗せない打ち方をしていた。打撃は少なく、音だけが大きい叩き方をしている。この叩き方を昭彦に教えたのは、源次だった。

「今度は、蠟燭《ろうそく》を」

「あ、待ってました」

嬉しそうに昭彦は、床に転がっている赤い蠟燭を取り上げ、火を点けた。そしてそれをいったん燭台の上に置くと、吊るされている女の縄を解いて降ろし始めた。

源次の目が厳しく光る。女を降ろす昭彦の手付きを仔細に観察している様子だった。

どうやら昭彦は、無事に女の体を床に横たえることができた。源次の目付きが、穏やかなものに変わる。

「もう、あっしが教えることは何もありやせんね」

「そんなこと言わないで、もっともっと教えてくれよ。僕には、先生しか教わる人が居ないんだから」

言いながら、昭彦は女のお尻を持ち上げ、わんわんスタイルを取らせる。それから、女の膣にぬるっと指を入れてみる。死んだように横たわっていた女の体に、力みが入る。

「くふうっ！」

「すっげえ、濡れてらあ。あんた、スケベだな」

整った、貴公子のような顔から下卑た言葉が発せられる。言葉だけではない。表情も、今まで加奈が一度も見たことのないような、いやらしい顔付きになっていた。加奈は呆然として、それを見詰めている。

「言ってみなよ。私のお○んこに、○んぽ突っ込んで下さいって」

「むふうっ！　むふうっ！」

「そうか。猿轡を咬ませられてるんだな。だったら、頭を振ってみな。入れてほしいんなら、頭を縦に振るんだ」

女の頭が、横に振れる。

「なんだ、入れて欲しくないってのか？」

女の頭が、縦に振れる。昭彦の顔が、いやらしく歪む。どうやら、笑っているらしい。

「いやでも、犯られるんだよ」

「く、くううっ！」

高く持ち上げられている腰の中心を、昭彦に貫かれる。女は頭を激しく振って抵抗するが、昭彦を振り放すことはできない。

「ふっ！　ふっ！　ふっ！　ふっ！」

昭彦の腰の動きに釣られて声が洩れる。女は全身を揺り動かし、なんとか昭彦の腕から逃げ出そうと藻掻く。だが、昭彦の腕は振り解けない。

「ううっ！　ううっ！　ふっ！　くうっ！」

だんだん、女の抵抗が鈍ってくる。女の全身から力が抜ける。

「くっ！　くっ！　くっ！　くっ！」

女の腰が、昭彦の腰の動きに反応し始める。昭彦が腰を突き出してくるのに合わせて、女も腰を突き出すようになってくる。女の顔に、陶然とした忘我の表情が浮き出してくる。

「くっ！　くっ！　くっ！　くっ！」

女の全身から、汗が噴き出してくる。時々、腰や背中がぴくっと痙攣する。猿轡を銜える歯をきりきりと嚙み締める。

「くふううっ！」

女の体が、跳ねる。ピストン運動を繰り返しながら、昭彦は女の背中に蠟涙《ろうるい》を垂らしたのだ。女の洩らした悲鳴は、もし猿轡が無ければ、熱いっとでも叫んでいたのだろう。

だが、次の瞬間、女の目の焦点がぼやけて腹の筋肉がぶるぶるっと震えた。蠟が落ちて身を縮めた瞬間、膣が締まって強い快感を生じてしまったらしい。

「ふううっ！　あはあっ！　くっ、うふうっ！」

昭彦の蠟責めは続く。女は、熱さと気持ちよさが混ざり合った奇妙な快感に翻弄され、だんだん錯乱し始めているようだ。終《しま》いには、腰を突かれた瞬間よりも、蠟が落ちる瞬間に感じてしまっている様子さえ見えてくる。

「うふっ！　うふっ！　ふ、ふうううっ！」

昭彦は、蠟燭の傾きに、かなりの注意を払っている。蠟の溜まりにいったん溜めた蠟だけを垂らして、融けた蠟を直接女の肌に落とさない。これも、源次が昭彦に教えたことだった。

「ぐうっ！　ぐぐぐうっ！」

女の体がひときわ大きく反る。どうやら、最後の瞬間が近付いているらしい。それに合わせるように昭彦も、腰の動きを激しくさせていく。

「うおおおっ！　いくぞ、いくぞううっ！」

「ぐふうううっ！」

女と昭彦は同時に身を震わせ、やがて女はがっくりと力を抜いて床に身を投げ出していく。昭彦は、さすがに荒い息を吐きながら額の汗を拭っている。

そんな昭彦のところに、源次と呼ばれる男が近付いていく。そして、昭彦の目の前に煙草を差し出す。

「まあ、一本吸いなせえ」

「あ、ありがとう。いただきます」

昭彦は、体育会系の人間特有の律儀さで煙草を受け取った。さっきまでの、ゴロツキ紛《まが》いの仕草や言葉遣いなど、嘘のようだ。

自分はどちらの昭彦さんが好きだろうと、加奈は二人を眺めながら思う。

加奈が好きになったのは貴公子のような昭彦だが、もし今、自分に、さっきまでの獣《けだもの》のような昭彦が襲い掛かってきたら、どうだろうか。もしかすると、ちょっと嬉しいかもしれない。

　正直な話、目の前で女が昭彦に蠟燭で責められながら犯されるのをじっと見ていて、加奈は感じてしまった。いつしか、昭彦に犯されているのは目の前の女ではなく、自分であるような気さえしてきた。もし横に鮫島が居なければ、女と同じわんわんスタイルになって、昭彦に犯されたつもりのオナニーを始めていたかもしれない。それほど加奈は昂奮させられていた。

「本当に、随分上達なさった」

　鏡の向こうで、源次が昭彦を褒める。

「そうかい？　ありがとう」

「ちょっとしたショーなら、もう立派に調教師が務まりやすぜ」

「いやあ、そんなに褒められると、照れるな」

「どうですかい？　これだけ上達したら、そろそろ自分のマゾ奴隷が欲しくなってくるんじゃないですかい？」

「いやあ、それは難しいなあ。プロ・サッカーも人気商売だからさ。下手なことして、あいつは変態だなんて噂を立てられると、困るから。うかつに、女の子を調教なんて、できないなあ」

「奥さんはどうなんで？」

「あいつ？　あいつは無理だよ」

いかにも馬鹿馬鹿しいという様子で、昭彦は手を横に振る。

「根っからのお嬢さんだから。こんな変態プレイをさせようとしたら、ショックで死んじまうかもしれない」

「この前話してた、水口加奈とかいう女子アナはどうなんです？」

突然、自分の名前が出てきて、加奈の顔がさあっと赤くなる。

「ああ、あいつね」

「何でも、誰とでも簡単に寝る尻軽女だとか」

加奈の血の気が、引いた。赤かった顔が、一気に蒼《あお》ざめた。

自分は昭彦から、そんな風に思われていたのだろうか。確かに男好きのする顔立ちで甘え上手の自分の周りには、いつも複数の男が取り巻いていた。それなりに、男性経験もあった。だが、昭彦と出会ってからは、誰とも寝ていない。昭彦に操を立て続けていたのだ。それ程昭彦のことが好きだった。自分と昭彦は結ばれる運命であると、信じて疑わなかった。

確かに、昭彦が由布子と結婚してしまってからは、自棄《やけ》になって何人かの男に体を許した。だが、その男たちに心が揺れたことは一度も無い。昭彦と出会って以来、加奈には昭彦しか居ないのだ。

それなのに、その大好きな男が自分のことをそんな風に思っていたなんて。

「おい」

ぼろっと一筋、加奈の瞳から涙がこぼれる。驚いて鮫島は声を掛けようとするが、それ以上何も言えずに黙ってしまう。

加奈に追い討ちを掛けるように、昭彦の言葉が続いた。

「そうか。あいつなら、スケベだから、こういう遊びは結構性に合うかもしれないな」

やめて。もうやめて。加奈は心の中で叫ぶ。もちろん、そんな叫びがガラスの向こうの二人に届くはずも無い。

「確か、その女なら、柏原さんがちょっと声を掛ければいつでも転がって股を開くとか」

「まあね」

昭彦がにやっと笑う。さっきの調教の時に見せた、品の無い笑顔だった。

「そうだな。あいつならきっと、この女よりももっといやらしく悶えて、もっと淫らに腰を振るだろうな。先生、俺、今度試してみますよ」

「ああ。そうしてみなせえ」

加奈は、背中を震わせて泣いている。顔はもう、涙でぐしょぐしょだった。隣の部屋に声が洟れたら困ると思いながら、嗚咽を止められなかった。

「ほら」

突然差し出されたハンカチに、驚く。見上げると、照れたような拗《す》ねたような顔をして、鮫島がそっぽを向いていた。

「要らないわ」

自分のバッグからハンカチを出して、涙を拭う。

「ヤクザのハンカチなんて借りたら、後が怖いもの」

「全く、口の減らない女だ」

「でも、ありがと」

それだけ言うと、加奈はまた肩を震わせる。こういう時にどうしたらよいのか知らない鮫島は、ただ、隣に座って見守っているだけだった。


隣の部屋には、もう誰も居なくなっていた。鮫島の隣にも、もう加奈は居ない。鮫島は一人で、相変わらず煙草をふかしていた。

入り口の戸が開いて、人が入ってくる。鮫島が振り返ると、源次だった。

「れいなを店に、送り届けてきやした。柏原選手も、そろそろ家に着くころでしょう」

れいなというのは、さっき全裸で縛られて転がされていた女のことだ。彼女は、源次の勤めている店のコンパニオンの一人だった。

「ああ。ご苦労だったな」

「あの娘は」

「お前らが行ってから三十分くらいして、出てったよ。可哀想に、随分泣いていた」

「男の気持ちに気付かずに、いつまでも振り回されている方が可哀想だ。早く現実に気付いた方があの女のためでさ」

「まあ、それはそうなんだろうが」

「それに、あの女は危険過ぎる」

源次も、自分の煙草に火を点けた。

「男に対する思いを消しておかない限り、また何かしでかす可能性は大いにある。そうじゃねえですか？」

「まあ、お前《め》えが言うならそうなんだろうなあ。それにしても、惜しいなあ」

「何がで？」

「これで、柏原由布子も、水口加奈も、二度と俺たちのところに戻ってこねえだろう。あんないい女を二人も手に入れてたのに、もう、二度と会うこともねえとはなあ」

「なんなら、もう一度戻ってくるように段取りを付けやしょうか？」

源次はわざと、そう訊いてくる。

「もしあいつらのことがバレれば、鮫島組だけじゃねえ。銀星会全体がマスコミと警察のバッシングに遭うことになる。それでもいいっておっしゃるんでしたら……」

「もういい、分かった。俺が悪かった。まったく、意地の悪い奴だ」

「若頭の往生際が悪過ぎるんで」

「ぬかしやがれ」

そして二人は笑った。ここ二、三週間、次々と起こった様々な出来事の決着がようやく付いたという、安堵《あんど》の笑いだった。

「さて、それじゃあ最後に、ここの掃除だな」

鮫島は煙草の火を揉み消すと、携帯電話を取り出した。

九

昭彦は呆然として立ち尽くしている。今日もＳＭの指導を受けるつもりで来てみれば、店の中は空っぽになっていた。

カウンターもテーブルも、円形舞台も消えていた。左手を仕切っていた、壁さえもが無くなっている。この部屋がこんなに広いとは思わなかった。見事に何も無い殺風景な部屋の中は、まるで倉庫のようだ。

「貸し店舗を捜しているんですか？」

後ろから誰かに話し掛けられる。振り向くと、いかにも管理人という風情の風采の上がらぬ男が立っていた。

「あの、ここは、いつ引っ越したんですか？」

「二日前ですよ。急な引越しでしたよねえ。まあ、賃料は来月分まで頂いてたんで、文句は無いんですがね。本当は、もうちょっと早めに言っておいてもらわないと困るんですよねえ」

急な引越し。昭彦の頭に先ず浮かんだのは、警察の手が入ったということだった。

何しろ、いかがわしい店である。昭彦が来るたびに、違う女が縛られて転がされていた。その度に昭彦は、教授料の名目で少なからぬ謝礼を払わされた。

そもそもの始まりもおかしかった。一人で飲んでいた昭彦のそばに突然、男が近寄ってきて、旦那、面白い遊びがあるんだが、ちょっと試してみませんかと声を掛けてきたのだ。

連れて来られた店の中には、客は一人も居なかった。ここは秘密クラブで、店を開くのは深夜なのだと説明されたが、その割りにいつも、ミラーボールは回っていた。

裸で転がされている小柄な女に度肝を抜かれたせいだろう。どういう説明を受けたかはもう、覚えていない。とにかく、それ相応の謝礼を毎回用意すれば、店が始まるまでの時間、昭彦に緊縛の遊びを教えてくれるという話になったのだ。そしてその日、昭彦は源次に最初の手解きを受けた。

だが、今になって考えてみれば、おかしな話だった。なぜ、昭彦だけを特別扱いにしたのか？　そもそも、その秘密クラブとはなんだったのか？

「あの店のオーナーに、金でも貸していたんですか？」

顔を覗き込んできた管理人は、驚いて、大きな声を出した。

「あ、あんた、東京ロプロスの……」

身元がばれそうになった昭彦は、慌ててその場を逃げ出した。後ろから、サインを求めて管理人が追ってくる足音が聞こえるが、車に飛び乗った昭彦は急いでアクセルを踏み込んだ。

「柏原さん、サインを……」

昭彦の車を追うように、管理人の声が響いた。

十

テレビで自分の試合のビデオを点検しながら、昭彦はウイスキーを喉に流し込んでいた。

妻の由布子が、ステーキを盛り付けた皿と、ナッツを数種類混ぜた器を昭彦の前に置く。

「あと、グリーン・アスパラに牛の網焼き肉を巻いて八幡巻き風に炒めてみようと思うんだけど、いいかしら？」

「ああ」

そっけない口調で、昭彦が答える。由布子は空いた皿を引いて、キッチンの方に戻っていく。

昭彦は、イラついていた。この一ヶ月近く、昭彦はいつもイライラしていた。

源次によって、サディズムの歓びを教えられた。だが、その秘密クラブが消えて、昭彦は欲望の捌《は》け口を失った。

ヤマトTVの女子アナ、水口加奈なら変態プレイも受け入れてくれると思う。

だが、あれほど頻繁にインタビューに来ていた加奈は、ぴたりとやって来なくなった。携帯も繋がらない。一度、チーム・メートとヤマトTVの番組のゲストに呼ばれたことがあったが、加奈は一度も顔を見せなかった。思い切って駐車場で加奈の帰りを待っていると、加奈は同僚の若い男性社員と連れ立ってやってきた。昭彦が居ることに気付いた時も、ごく儀礼的な挨拶をするだけで通り過ぎていった。作り笑いを浮かべながら、目は昭彦がそれ以上話し掛けてくるのを拒絶していた。

（男ができたか）

それ以来、昭彦は加奈と連絡を取ろうとするのを止めた。縛れる女の当てが無くなった。

ＳＭで遊べる風俗などもあるにはある。だが、人気商売でもあるサッカー選手の昭彦がそんなところに出入りしていることをスクープされれば、自分だけではない、チームにまで迷惑を掛ける。結局、自分の嗜虐願望を抑え付けて我慢するしか無い。

だが、できないとなるとますます、昭彦の欲望が燃え盛ってくる。女が縛りたくて縛りたくて堪らなくなってくる。

ジューッという音がする。振り向くと、オープン・キッチン越しに、由布子が料理をしている姿が見える。さっき言っていた、アスパラと牛肉の八幡巻きを焼いているらしい。

その姿を、昭彦はじっと見ている。

見慣れた今も、昭彦は由布子を美しいと思う。華やかさは無いが、気品がある。チャーム・ポイントはどこかと訊かれると答えに困るが、どの部分が美しいというのではなく、目が、鼻が、唇が、そして耳までも、絶妙の配置で並んでいる。強いて言うなら、由布子の顔全体が一つのチャーム・ポイントだった。

昭彦は高校を出てすぐにプロ・サッカーの世界に飛び込んでいったのだが、由布子は一流大学を卒業している。二人の学歴の差は昭彦の密かなコンプレックスだった。知性が滲み出ている由布子の顔、言葉の端々に表れる由布子の教養、その全てが、昭彦の劣等感を刺激した。

だがその一方、そんな由布子を組み敷き、昭彦の愛撫に悶え乱れさせ、昭彦の一物で啜り泣き震えさせることは、昭彦の征服感を満たしてくれた。由布子が淫らに乱れ、いやらしいことを昭彦に要求してくる時、昭彦の心は歓喜に震えた。それは、街の水商売の女とのセックスでは決して感じることのできない至福の感覚だった。

いつからだろう。そんな歓びを感じなくなったのは。一流大学出でも中卒でも、ベッドの中の女はみんな一緒だなどと悟り切ってしまったのは。

まるで少女のような愛くるしさを残していた若妻は、いつの間にか成熟した女になっていた。体重は昔と変わっていないというが、首から肩にかけての肉の付き方が昔と違っている。

以前は目立たなかった胸の谷間も、いつの間にか深くなっていた。

炊事をしながら、額に滲んできた汗を手の甲で押さえる。意識的にした仕草ではないのだろうが、その瞬間に滲ませた由布子の色気に、昭彦はぞくっとした。

昭彦は、由布子に気付かれないようにこっそりと、生唾を呑んだ。

この女を縛ってみたい、と思った。

トイレに立つようなさり気無さで昭彦は立ち上がる。そしてそっと、自分の寝室に入っていった。

由布子は料理に集中していて、昭彦の変化に気付かなかった。

暗い寝室の中に、そっと入っていく。そこには、昭彦の秘密のバッグが仕舞ってあった。こっそり買い集めた麻縄や鞭、蠟燭などの責め道具が、その中に入っている。

そのバッグを提げて、出て行く。寝室のドアが、そっと閉じられた。

再びリビングに戻ってくる。由布子が、昭彦の方にちょっと目を向ける。

「あら、どうしたの？　そんなもの持って来て？」

「いや、明日の準備だ」

「まだ済んでなかったの？　いつも、飲み始める前に済ませておくのに」

「ああ。ちょっと、思い出してね」

曖昧に答えながら、昭彦はバッグをカウンターの壁面に沿わせるようにして置く。そこはちょうど、由布子の位置から死角になっている場所だった。

音に気を付けながらバッグの中から麻縄を一束取り出し、そっと解いていく。縄を二つ折りに揃えて、ゆったりと大きな輪に巻いて、縄頭の位置に手を添えてぐっと握り締めた。

ゆっくりと立ち上がる。縄を摑んでいる手はだらんと垂らしているので、相変わらず由布子からは見えていない。もし、何か疑念を感じて、身を乗り出して覗いてきたらすぐに見えてしまうような危うい高さだったが、由布子はそのような素振りを見せなかった。

「うまそうだな」

褒められて、由布子は嬉しそうに微笑む。

「あなたはお野菜が嫌いだから、食べてもらうのに苦労するわ」

「これでも、前よりは食べてるんだがな」

ふふっと笑って、由布子はまた視線を落とす。鍋の中の八幡巻きの盛り付けを始める。

由布子は盛り付けには特に凝る方だ。これを始めると、満足のいく形に仕上がるまでよそに注意が向かなくなる。

昭彦は麻縄の輪を背中に隠すようにして、由布子の後ろにそっと回り込んでいく。八幡巻きを並べ終えた由布子は菜箸を置いて、キッチン・ペーパーに手を伸ばそうとしているところだった。皿の上に散った煮汁の跡をこれで拭えば、盛り付けは完了する。

その、由布子の伸ばしてきた腕を摑み、昭彦は思い切り捻《ひね》った。由布子の細腕は、やすやすと背中の真ん中まで捩《ね》じ上げられる。突然のことにバランスを崩した由布子の上半身が泳ぐ。置いたばかりの菜箸が由布子の手の甲に当たって床に転がった。昭彦の頰と胸の辺りに、菜箸の先から跳ねた煮汁が点々と散る。

「あ、昭彦、どうしたの？」

「いいから、おとなしくしてろ」

腕を捻られて前屈みになっていた由布子の頭を、昭彦の腕が押さえ込む。由布子の頭が床に押さえ付けられて、お尻だけが高く持ち上がった形になる。残った腕も背中に回して縄掛けし、胸縄を打ってぐっと引き締める。その瞬間、由布子はうっと呻いて背中を反らせた。

呻きながら、由布子は少し、顔を横を向けた。意外なことに、由布子の顔には恍惚とした表情が浮かんでいた。

すでに観念したように、目は弱々と閉じられている。逆に口元はうっすらと開いて切なげな吐息が洩れているように見える。

昭彦の体に震えが来た。全身に鳥肌が立った。これまで何度も由布子を抱いてきた昭彦だったが、彼女のこんな悩ましい表情を見るのは初めてだった。

明らかに由布子は、縄酔いしていた。

「いや。駄目」

蚊の鳴くようなか細い声で呟く、由布子の囁きがかすれていた。まるで昭彦の劣情を誘っているような、煽情的な艶《なま》めかしさだった。

「由布子、マゾだったんだな」

昭彦の体が、かっと熱くなってきた。全身にインシュリンが回って、まるで試合前のような、高揚した気分に陥ってくる。

「お前は、マゾだったんだな」

高く上げられたお尻を隠していたロング・スカートをさっと捲り上げる。パンストの下から、昭彦好みのエロティックなパンティが透けている。昭彦は由布子の膝を割り開いて、自分の膝をぐっと割り込ませた。由布子の股間に昭彦の太腿が強く押し当てられて、由布子はああっと悲鳴を上げる。

そして昭彦は、両手を前に回し、由布子のブラウスの前を摑むと、力任せに引き裂いた。鍛え抜かれた昭彦の腕である。ブラウスの生地はビッと音をたてて裂け、塡っていたボタンは全て一瞬で弾け飛んだ。

　由布子のお気に入りのブラウスだった。たまたま入ったブティックで見付けて、由布子のサイズはそれ一着しか無かったのをその場で購入したものだった。こんな状態になっては、もう二度と着ることはできない。

　だが昭彦は感じていた。あんなに大切なブラウスを台無しにされたにも拘わらず、昭彦がブラウスを引き裂いた瞬間、由布子の股間に押し当てていた太腿の辺りがかっと熱くなったのを。じわっと湿ってきたのを。

　由布子は欲情している。こんなに乱暴に扱われ、衣服を引き裂かれ、無理やり開《はだ》けさせられながら、由布子は感じ始めている。

「ああっ！」

　ブラのホックを外され、乳房を揉まれる。いやいやをするように由布子の体が揺れる。それは単に、押し当てられた太腿に股間を擦り付けているだけにも見える。

「立つんだ、由布子」

　そして昭彦は、由布子の体を引き寄せた。由布子の体が、乳房から起き上がる。そしてそのまま、乳房から立ち上がらせられる。

　後ろから抱き締められたまま、由布子はキッチンから連れ出される。

由布子の足取りは、まるで泥酔した酔っ払いのように覚束無い。突然夫に緊縛されたショックと、今も揉まれ続けている乳房と乳首、そして時々熱い息を吹き掛けられる耳の感触のために、腰に力が入らないのだ。一見、歩いているように見えるが、由布子の体重を支えているのは、胸を抱き締め、乳房と乳首を弄んでいる昭彦の両腕だった。

「ああ」

切なげに、溜息を吐く。また、膝の力がすっかり抜けて体重を昭彦の腕に預けてしまう。昭彦は由布子の体をぐっと支えて、そしてソファーの上に乱暴に投げ出した。ソファーのクッションでバウンドしながら、由布子の唇が悲鳴を上げる。その生々しい唇の動きに、昭彦は思わず生唾を呑む。

「うぐっ！」

昭彦が、由布子の股間を踏み付けた。大事な部分が、昭彦の足で押し潰される。そしてぐりぐりと掻き回される。

由布子は、また酔ったような顔になる。お願い、やめてと、息だけで哀願を繰り返す。だが、言葉と裏腹に、腰はくねくねと悩ましく動いて、昭彦を誘っている。

「感じているのか、由布子」

「お願い、もう駄目。もう、やめて」

「こんないやらしいことをされて、お前は感じるのか、由布子！」

由布子の片足を持ち上げる。ずれたブラジャーの隙間から乳房を覗かせ、捲れたロング・スカートから長い脚を覗かせる由布子の姿は、全裸で居るより艶めかしい。

持ち上げた脚に纏わり付くストッキングを、昭彦は引き裂いた。由布子は悲鳴を上げて身を震わせる。

なかなかうまくいかない。昭彦は脂汗を掻きながら、ストッキングを引き裂き続ける。ボロ切れのようになった最後の布片を昭彦の足の下から引き抜こうとした時、化学繊維の摩擦が膣の入り口を刺激するのだろう、由布子は眉間に皺を寄せて頭を反らせ、はっと小さく息を呑んだ。

由布子は、えっという顔をする。陰部を踏み付けていた、夫の足が離れたのだ。

見ると、昭彦は例のバッグを提げて戻ってくるところだった。バッグの口から、バイブや麻縄が食《は》み出している。由布子は、惚けたような顔でそれを見ている。

「お仕置きだ、由布子」

「なんの、お仕置き、なの？」

「お前があんまりいやらしいから、そのお仕置きだ」

「そんな……」

昭彦は先ず、洗濯ばさみのようなものを取り出してきた。はさむ面が平たくなっている点だけは違うが、その他は全く普通の洗濯ばさみと違わない。

それを使って昭彦は、由布子の双つの乳首を挟み込んだ。

「あああっ！」

由布子は悲鳴を上げて、身を震わす。太腿を締めて、脚を擦り合わせる。

「い、痛い。あなた、痛い」

「言っただろう。これは、お仕置きなんだ」

昭彦は、小筆を二本、取り出してきた。それを洗濯ばさみの隙間に差し込んで、潰されている乳首の先端を、穂先で撫でる。

「あああああああああっ！」

けたたましい悲鳴を上げて、由布子の体がぐんと反った。

「どうだ由布子。感じるか。気持ちいいか」

喘ぎ声を上げ続けながら、由布子の頭がかくかくと揺れる。ますます悩ましく、太腿を擦り合わせる。

「そうか。気持ちが好いか」

由布子の反応に気を良くした昭彦は、ますます張り切って由布子の乳首を嬲る。由布子は半狂乱の態《てい》で身を震わせる。日頃上品な由布子がこれほど乱れるかといった、身も世も無い乱れようだった。

昭彦もまた、喜びに身を震わせている。SMプレイで相手を組み敷く征服感は普通のセックスでの征服感の何倍も強い。学歴にコンプレックスを持っていた昭彦は、一流大学出のエリートである自分の妻をかつてはセックスでひれ伏させ、今日また、SMでマゾ奴隷として完全支配しようとしている。その倒錯した優越感が、昭彦の心をますます獣《けもの》にしていた。

「ああっ！」

反転させられ、お尻を高く持ち上げさせられる。動くと乳房が揺れて、洗濯ばさみが揺れる。乳首がきゅうっと痛んで、股間から熱い愛液がぬるっと湧き出てくる。

お尻を高く持ち上げたまま、由布子は上を見上げた。バラ鞭を構えた昭彦の姿が見える。

由布子は、なるべく乳房を揺らさないように気を付けながら、小さくいやいやをした。

「駄目。そんなもので打たないで」

だが、声はすっかりかすれてしまって力が無い。昭彦は構わず、鞭を振り下ろした。

ピシッ！

「あううっ！」

お尻に走った痛みに、由布子は思わず背中を反らせた。洗濯ばさみが揺れて乳首を責める。

股間の奥がじいんと痺れてくる。

ピシッ！

「はあっ！」

ピシッ！

「だ、駄目！」

鞭の一打ちでお尻と双つの乳首、三箇所を同時に刺激される奇妙な感覚に、由布子は翻弄され始めている。

由布子の目に涙が滲んでいる。感じているからでもない、痛いからでもない、それは、屈辱に耐える悔し涙だった。身動きできない状態で転がされ、まるで馬か牛のように鞭で打たれる惨めさは、想像を絶するものがある。

「あああっ！」

時々昭彦は、鞭を振るう手を止め、由布子のお尻を撫でた。散々鞭打たれた後のお尻は赤く腫れ上がり、過敏になっている。そのお尻を昭彦は、五本の指を立てるようにして、触れるか触れないかのソフト・タッチで撫で回す。くすぐったいのか、気持ちいいのか分からない。ただもう、いっときもじっとしていられないもどかしさに、由布子は声を上げげ、お尻を振る。恥ずかしい場所が、じゅんと濡れた。

ピシッ！

「ぐうっ！」

突然昭彦は鞭打ちに戻る。指嬲りで過敏になった肌を、鞭が襲う。由布子のお尻が、踊る。股間が、濡れる。

そしてまた昭彦は、鞭打ちから指嬲りに戻っていくのだ。

もう、何がなんだか分からない。痛さ、惨めさ、恥ずかしさ、くすぐったさ、気持ちよさが綯い交ぜになって、由布子を混乱させていく。

いつしか由布子は、錯乱状態に陥っていった。思考は完全に停止して、惨めさにも恥ずかしさにも、くすぐったさにも痛さにも、反応できなくなった。

残ったのは、性的快感だけだった。

由布子は、獣《けもの》のように吼える。今の由布子は、撫でられてもさすられても、叩かれても鞭打たれても、狂おしいほどに感じた。涙でぐしょぐしょの頭を振り、鞭のせいで真っ赤に腫れ上がったお尻を振り動かし、由布子はさらに激しい刺激を乞う。すでに、由布子の理性は吹き飛んでしまっていた。今の由布子は、快楽だけを求める貪欲な牝でしかない。

「好いか、由布子！　そんなに好いのか！」

「あああっ！　好いっ！　す、すごいぃ！」

「もっと鞭が欲しいか！」

「ぶ、ぶってえ！　もっとぶってえ！」

「それとも、こうして撫でてほしいのか」

「ああっ！　駄目、駄目え！」

「どうした。鞭はよくて、撫でるのは駄目なのか」

「そうじゃない、そうじゃないけど、あああっ！　わ、分かんない。なんだか、分かんなくなっちゃううう！」

「言え、由布子！　いったいどうしてほしいんだ！　鞭が欲しいのか！　愛撫か！　それとも……」

昭彦の腕が由布子の髪を摑んで引き上げる。うっと呻きながら、由布子は必死で背中を反らす。その耳元に昭彦が囁く。

「それとも、俺のを挿れてほしいか」

由布子の喉が、こくっと鳴る。かすれた声で、由布子がねだる。

「挿れて……」

「挿れて下さいだろ」

「挿れて、下さい」

「挿れて下さいご主人様、だ」

由布子の頭が昭彦の方を向く。朦朧とした視線の奥に漂う妖艶さに、昭彦はぞっとする。

「挿れて下さい、ご主人様」

そして由布子は切なそうに目を閉じた。

「私を犯して下さい」

昭彦の頭にかっと血が上る。昭彦の理性も、この瞬間に切れてしまった。

「うおおおっ！」

「あっ！」

頭をソファーに強く押し付けられて、由布子が悶える。鼻も口も塞がれて息ができない。ようやく頭を捩じ曲げ、大きく息を吸い込んだ瞬間である。

「うああああっ！」

昭彦の一物が、由布子を刺し貫いた。すっかり充血して蜜を溢れさせている由布子の膣を、昭彦が満たす。

そして昭彦は、激しく腰を使い始める。

「ああああっ！」

朝目を覚ました牝猫が伸びをするように、由布子の背中がぐうっと反った。昭彦の腰の動きに合わせるように、由布子の腰が前後に揺れる。

「い、好いっ！　ああ、好い！」

「好いです、ご主人様、だろう！」

「い、好いです、ご主人様、ああっ！　ああああっ！」

昭彦の腰のグラインドがさらに激しくなる。由布子は全身をのたうち回らせて悶絶する。

時々、由布子の両脚は宙に浮いた。昭彦に刺し貫かれた部分だけで、由布子の体が支えられている瞬間である。逞《たくま》しくて太い昭彦の男根は、由布子の体重を支えてなお余りある力強さに満ちていた。

「あああっ！　だ、駄目っ！　もう駄目ぇっ！」

「うおおっ！　いくぞ、由布子、いくぞおっ！」

「きゃあああっ！」

由布子の体の中に、マグマのように熱いスペルマが大量に吐き出された。体の中から身を焼かれるような感覚に、由布子は悲鳴を上げた。悶えた。震えた。そして、ぐったりと身を横たえると、はあはあと荒い息を吐いていた。


キッチンで由布子は一人、食器を洗っている。昭彦は事の後、上機嫌でウイスキーを一瓶飲み乾《ほ》し、寝てしまった。

時々由布子は、辛そうに腰を引く。先ほどまでの情事の余韻がまだ体に残っていて、突然思い出したように、奥がずきんと疼く。

さっきまでの出来事が、頭の中を何度もぐるぐる回る。突然夫に押し倒され、縛られ、裸にされた。乳首を洗濯ばさみで挟まれ、先端を筆でくすぐられ、鞭で打たれた。惨めな言葉で追い詰められた。犯された。そして、いかされた。

思い出す度に由布子の体は熱くなり、じゅんと濡れてしまう。

(源次さん、あなたね)

昭彦に調教されている間中、由布子は源次の影を感じていた。女の責め方、言葉責めの口調、どれを取ってもそれは、源次のやり方に似通っていた。

(あなたが夫に、こんなプレイを教えたのね。そして私を、犯させたのだわ)

そう考えると、由布子の腰の辺りがまた疼いてくる。熱くなってくる。

(源次さん、あなたは一体、何者なの？)

加奈に脅され、どうしようも無くなって源次に助けを求めた。源次たちは易々《やすやす》と、証拠のネガやフィルムを加奈の手から取り上げてしまった。それだけではない。あれほどしつこく昭彦に付き纏っていた加奈が、逆に昭彦を避けるようになった。由布子と会っても、以前のように剝き出しの憎悪を投げ付けてくることが無くなった。由布子と加奈は、ごく普通の先輩と後輩の関係に戻っていた。

そして今日、由布子の体にまったく興味を示さなくなっていた昭彦が、突然由布子に襲い掛かってきた。これまで一度もしたことが無いSMプレイで由布子を責め、追い詰めた。

由布子は昭彦に責められながら、後ろに源次の存在を感じていた。昭彦の手を使って、源次が由布子を責めているのだと思った。

由布子の腰がまた、ぴくんと動く。

だったら源次が、自分の手で責めてくれたらよかったのにと、ふと思う。

確かに、久し振りの昭彦との情事は燃えた。昭彦とのSMプレイも初めての体験なら、洗濯ばさみを使った乳首責めも、鞭打ちプレイも生まれて初めての体験だ。新しい刺激を次々に受けて、由布子は赤面するほどに乱れた。

だが、心の奥底に、満たされないものが残る。

昭彦は源次のような色事師ではない。そのせいだろう、昭彦の責めは微妙なところでぎこちなかった。もっと責めてほしいところで責めてくれない。やめてほしい時にやめてくれない。

そういう小さなすれ違いが、由布子の体の中で澱《おり》のように澱んでいた。あれほど何度も絶頂を迎えていながら、あれほど激しく悶え乱れていながら、今一つ満たされていない何かがあった。

(源次さんとの時は、そんなことなど無いのに)

源次はまるで由布子の心を読んでいるように、心憎い責めを仕掛けてくる。内心もっと虐めてと思っている時には、いくら止めてお願いと哀願しても知らぬ顔で由布子を追い詰めてくる。そのくせ、由布子が、もうこれ以上は辛いと思い始めると、まだ何も言い出さないうちに源次の方から手を止める。本当に、由布子の心の中が見えているとしか思えない絶妙の緩急の付け方なのだった。

だからこそ、源次に責められるとどうしようも無く燃えた。あの完全燃焼の感覚は、昭彦が相手では得られない。

やはり自分は、源次が好きなのだと思う。由布子の瞳から、涙が一粒流れる。

(ごめんなさい、あなた。私の心は、あなたを裏切っています)

源次が、好きだ。今、こうしていても、由布子は源次の所に走っていきたくなる。源次の手で、思い切り虐められたい。源次の縄を受けたい。源次の鞭を受けたい。ありとあらゆる責めを、源次の手から受けたい。

だが、そうはしない。由布子はもう、源次を諦めたのだ。

加奈に脅迫されて、自分の愚かさで昭彦まで破滅させる可能性が出てきた時、由布子は神に祈った。もう、二度と源次とは会わないから、私たちを助けてくださいと。

そしてその通り、由布子は源次への思いを断った。

加奈の残していった証拠写真の中には、源次の姿を写した写真が何枚もある。中の一枚の源次は、由布子を見詰めながらこれ以上無いというような優しい笑みを浮かべていて、その写真を見る度に、由布子の胸はキュンと痛くなる。

それらの写真を、由布子は全てシュレッダーにかけた。携帯に残っていた電話番号も、消去した。今、由布子の手元に、源次を偲《しの》ぶ手掛かりになるものは何も無い。

しいてあるとすれば、これから毎夜のように昭彦が自分に仕掛けてくるであろう、SMのテクニックくらいのものだ。そしてそれもまた、時の流れの中で、昭彦流の流儀にこなれていき、源次の影を消していくに違いない。

(源次さん、今でも私は、あなたが好き)

由布子はそっと、目を閉じる。すると、頭の中に源次の顔が浮かんでくる。その顔は、たった一枚の写真の中でしか見せてくれなかった、優しい笑顔を浮かべていた。

(でも、この思いは一生、誰にも教えない。墓場の中まで、私が一人で抱いていく)

洗い物を終えて、ベランダに出る。その夜は綺麗な星空だった。この一ヶ月余りの間に目まぐるしく起こった様々な出来事をみんな清めてくれるような、清々しい夜空だった。
その夜空に向かって、由布子はそっとさよならを言った。

この作品は書き下ろしです。原稿枚数432枚（400字詰め）。

幻冬舎アウトロー文庫

●好評既刊
縄痕《じょうこん》の宴《うたげ》　夜の飼育
越後屋

美貌の女将・菊乃のもとに、縛り絵師の佐竹が調教師・源次を連れて、モデルの依頼にやってきた。一蹴する菊乃だったが、源次の調教を目の当たりにして、乳首が硬く尖るのを抑えられない――。

●好評既刊
夜の飼育
越後屋

島村組には、女に究極の性技を仕込む、源次という名の調教師がいる。若き組長夫人・愛理紗は、軽蔑していたその男の調教を受けることになるが……。　幻冬舎アウトロー大賞特別賞受賞作！

●最新刊
踊る運転手
ウエちゃんのナニワタクシー日記
植上由雄

観光客を騙して大金をせしめる外道もん運転手、客へのセクハラ発言で姿を消したエロエロタクシー……。彼らと客とのやり取りは、まるで掛け合い漫才！　唖然呆然のパワフル乗務日誌第二弾！

●最新刊
修羅場の鉄則
1億5000万円の借金を9年間で完済した男のそれから
木戸次郎

1億5000万円もの借金を、株取引だけで、9年間で完済することに成功したカリスマ株式評論家の実践的マネー哲学。文庫化に際し2007年の市場予測と「負けない投資哲学」を堂々公開！

●最新刊
セックスエリート
年収1億円、伝説の風俗嬢をさがして
酒井あゆみ

営業開始から十分で予約が埋まってしまう《怪物のような風俗嬢》が誇る究極のテクニックとは？風俗のフルコースを体験した元落ちこぼれ風俗嬢が業界のタブーに迫る衝撃のノンフィクション。

GENTOSHA OUTLAW BUNKO

美猫《びびょう》の喘《あえ》ぎ

夜《よる》の飼育《しいく》

越後屋《えちごや》

平成18年12月10日　初版発行
平成20年1月20日　2版発行

発行者――見城　徹
発行所――株式会社幻冬舎
〒151-0051東京都渋谷区千駄ヶ谷4-9-7
電話　03(5411)6222(営業)
　　　03(5411)6211(編集)
振替00120-8-767643
印刷・製本―中央精版印刷株式会社
装丁者――高橋雅之

幻冬舎アウトロー文庫

ISBN4-344-40887-X　C0193　O-71-3